The Apprentice Blacksmith of Level 596

レベル596の鍛冶見習い

4

Terao Yuki

寺尾友希

Illustration

うおのめうろこ

登場人物紹介

エスティローダ
ノアで遊ぶのが
お気に入りの
火竜の女王。
マリル
狼の獣人。
面倒見が良い
ノアのお隣さん。
リリ
ノアの鍛冶を手伝うため、
一緒に暮らすことに
なった風竜の獣人。
ノア
14歳の犬の獣人。
凄腕鍛冶士の父に憧れ、
見習いをやっている。

ユーリティウス
牛の獣人。
ノアのイトコで
デントコーン王国の
第一王子。
カウラ
羊の獣人。
ノアのイトコで
デントコーン王国の
第一王女。
蓮華《れんげ》
ハンナ族を名乗る
蜂獣人の群れの
次期女王。
つくし
蜂獣人の少年。
ラウルを追って
ノアの前に現れる。
ラウル
ノアの武器に
興味津々な、ノッカー族
という土の妖精。
ミュール
ダンジョンを運営する、ラウルの妹。
常にクマのキグルミ姿。

オイラはノア。鍛冶見習《かじみなら》いの十四歳。

オイラの父ちゃんは、「神の鍛冶士」とまで言われた凄腕《すごうで》の鍛冶士だったんだけど……母ちゃんが死んで以来、酒浸《さけびた》りのダメダメ親父《おやじ》になってしまった。

そんな父ちゃんにやる気を出してもらうべく、近所にある魔物の領域『無限《むげん》の荒野《こうや》』や『竜の棲《す》む山脈』に行っては珍しい鉱石や鍛冶素材を集めていたオイラは、気が付けば英雄王をも超えるレベル596とかになっていた。

火竜女王《エスティローダ》にヒヒイロカネを預けられた父ちゃんとオイラは、全身全霊を傾けて攻撃補整二万超えの武具、【神話級】のパルチザン『金烏《ジンウ》』を打ち上げる。その腕を認められた父ちゃんは、「竜王の鍛冶士」の称号を授けられる託宣《たくせん》を受けた。

それからオイラはエスティに、冒険も鍛冶も出来る「最強の鍛冶見習い」を目指すことを宣言し……それからはまぁ、火竜のリムダさんが弟子入りしてきたり、風竜の獣人であるリリィがうちに住んで鍛冶を手伝ってくれることになったりと、それはもういろいろとあった。

しかも、母ちゃんの弟であるジェルおじさん——オイラたちが住む国の王様に、会いに王城に行ったとき、王子と王女、つまりオイラのイトコのユーリとカウラと、初めて顔を合わせることになる。

そして王城で【神話級】の武器を見せてもらって、ヒヒイロカネが合金であることを知ったオイラは、『誰も知らない鉱石と誰も見たことのない素材で今までなかった武具を打つ』という夢に向かって、気合いを入れ直すのだった。

01 ルルララの依頼

「ねぇノア、この枯《か》れた葉っぱって何に使うの？」

「それはね、餅米《もちごめ》の藁《わら》で、それを灰にして鍛冶のときに素材の粉と混ぜて金属にまぶすんだよ」

藁を見たことがないらしいユーリの質問に、オイラは笑って答えた。

餅藁は、鍛冶に使う藁灰を作るための原材料で、鉱石でも鍛冶素材でもないけれど、鍛冶をするには欠かせない重要なアイテムだ。毎年、隣のテリテおばさんの家の稲刈《いねか》りの手伝い賃に大量に確保している。

リリィ、お隣のマリル兄ちゃん、遊びに来たジェルおじさんとユーリにまで手伝ってもらいながら庭で餅米の稲藁を干していると、空から婆ちゃんたちが降ってきた。

……何を言っているのか分からない？

いや文字通り、空から仁王立《におうだ》ちのルル婆ララ婆が、ぶんっと。

地面にぶつかるっ！と思った瞬間、地面スレスレでふわっと止まり、次いでぶわっと砂埃《すなぼこり》混じりの風が吹き抜けていった。

見上げた空には、遠く、大きな鳥（？）のシルエット。

つまりは、ララ婆が言うところの「伝書鳩《でんしょばと》」——飛行系の魔獣から飛び降りてきた、と。

普通なら高所から飛び降りる際には、全身を曲げてクッションにし、場合によっては転がるようにして衝撃をやり過ごす。

それなのに二人は、せっかくのパラシュート代わりになるリスしっぽも使わず、仁王立ちのまま降ってきて重力魔法だか風魔法だかで急停止してるみたいだけど……なんという力業《ちからわざ》。間違ってもオイラには真似出来ない。

咄嗟《とっさ》に顔をかばったユーリは、「何事!?　ってルル師匠《ししょう》!?」と取り乱していたけれど、ルル婆ララ婆はそちらに一瞥《いちべつ》すらすることなくリリィに駆け寄った。

「ああ、良かったリリ、無事じゃったか」

「リリに力を借りたいことが出来てね、緊急なんだ、協力してくれるかい？」

突然の婆ちゃんたちの出現にあわあわしていたリリィが、逃げるためにだろう広げていた白い羽を、パサリと下げた。

リリィは、ララ婆の娘で、ソイ王国で婆ちゃんたちと一緒に暮らしていたのに、何も言わずに家出したと言っていた。婆ちゃんたちが心配していなかったはずがない。

怒ってリリィを連れ戻しに来たのかと思ったけど、何だか風向きが違うようだ。

「リリィの協力って、風の力？　オイラも何か手伝える？」

一歩前に出たオイラに、ルル婆が軽く手を叩いた。

「ノアしゃんの手伝い……ああ、そうそう。確かに頼みたいことがあった。好都合なことにジェル坊もいる、大抵の用はここで済みそうじゃね」

「俺？」

自分を指差すジェルおじさんに説明することもなく、ルル婆は巨大な魔水晶が付いた杖をつきながらカツカツとオイラたちの間を進むと、そのまま縁側へと腰をかけた。

その横にララ婆も並んだとき、タイミングよくお盆を手に持ったリムダさんが現れ、婆ちゃんたちに玄米茶の入った湯呑《ゆの》みを手渡した。

どうやらリムダさんには、ルル婆ララ婆が近づいてくるのが分かっていたらしい。

ちなみに父ちゃんは、餅藁を運ぶ途中で腰を痛め、リムダさんに治癒《ちゆ》魔法をかけられて奥で爆睡している。リムダさんの治癒魔法はよく効くけど、その分体力の消耗《しょうもう》が激しくて眠くなることも多い。

「リリィにオイラにジェルおじさん……って何やるの？」

ルル婆の言葉に、オイラはそう尋ねた。

リリィは風を操る。オイラが得意なのは鍛冶と素材集め。ジェルおじさんは勇者で王様。共通点はあまりない。

ルル婆はふぅふぅと玄米茶を冷ましつつ首を横に振った。

「まったく、竜に茶を淹《い》れてもらえるなんざ贅沢《ぜいたく》の極みじゃね。……今回頼みたいことは、三人それぞれ別々のもんじゃよ。一番重要なのはリリ。リリは確かに風を操るが、風竜の能力はそれだけじゃない。風の知るところは風竜も知る――『風見《かざみ》』というのが、風竜の本質なんじゃ」

オイラは驚いてリリィを見つめた。

昔話に出てくる『遠《とお》めがね』や『千里眼《せんりがん》』のような、遠くのものを見通す力。リリィにそんな力があるなんて聞いたこともなかった。

「ああ、ちょっと待った。ちょうど今着いたようじゃから、一緒に説明しちまおう」

ルル婆が淡《あわ》く紫に輝《かがや》く魔水晶の杖を軽く振ると、空の向こうからなんだか聞き覚えのある声が近づいてきた。

「うぁあああぁぁぁぁ……」

なびく一反木綿《いったんもめん》の妖怪《ようかい》。そんな感じでふわりと上空から舞い降りてきたのは、ルル婆お馴染みの長座布団だった。

「ミミィ!?」

その上には、見たことのない顔色の悪いネズミ系獣人の男の人と、王都一の魔道具屋、クヌギ屋女将《おかみ》ミミ――ミミィがしがみついていた。

「ああ、数時間ぶりだね、会いたかったよ……我が愛《いと》しの地面……揺《ゆ》れてない……揺れてないよ……」

転がり落ちるように魔法の長座布団から降りたミミィが、そのまま地面に抱きつくように頬《ほお》ずりする。ネズミの男の人は、長座布団から降りることすらなくカチカチに固まっていた。

「す、すみま、せん……手が……固まっちゃって……」

声までカタカタと震えている男の人に、マリル兄ちゃんが気の毒そうな顔をして長座布団へと跳び上がる。そして男の人の指を一本ずつ外して小脇に抱えると、ひょいと飛び降りて縁側に座らせてあげた。

「ちょいとおっかさん！　いきなりコットンシードまで来たと思ったら、事情も説明しないでいきなりかっさらうような真似してくれて！　今度こそしっぽが千切れるかと思ったよ！　空の上じゃあ問いただす余裕はなかったが、さぁ今こそキリキリ白状してもらおうじゃないかっ」

ほっぺたに土と枯れ草をくっつけたミミィがむくっと起き上がり、まなじりを吊《つ》り上げてララ婆へと詰め寄った。

なんでもミミィは今日、愛弟子《まなでし》のヤイチさんの尽力でようやく完成させた魔道義肢を持ってコットンシードへ出向き、元旦那《だんな》さんのヨヘイさんに合わせて調節していたんだとか。

しかしそこへ急に婆ちゃんたちがやってきて、有無《うむ》を言わせずに長座布団へと乗せられると、婆ちゃんたちの乗った「伝書鳩」の後を追尾させられたらしい。

「伝書鳩にゃあ二人までしか乗れないからねぇ」とカラカラと笑うララ婆に、ミミィが「そういう問題じゃないんだよ」と食ってかかっていた。

まあ、馬車で二週間かかる道のりを四時間程度でかっ飛ばされたとしたら、確かに文句のひとつも言いたくなるかもしれない。

「そういきり立たなくても、これから一通り説明するしゃね。まずは……一週間ほど前、わしゃのところにオーツ共和国から調査依頼が来た。内容は、魔物の領域である『夕闇谷《ゆうやみだに》』から、魔獣がいなくなった、と」

「魔獣が!?」

ジェルおじさんが険しい顔をしてルル婆を見つめた。

魔獣がいるから魔物の領域。魔獣がいなくなるなんて聞いたこともない。

「わしゃとララはね、つい今朝までその『夕闇谷』にいたんじゃわ……」

ルル婆によると、ミミィと一緒にやってきたネズミ系獣人の男の人は、レミングの獣人でオーツ共和国の『夕闇谷』地方担当官、ラッドさんというらしい。本人いわく、上司から無茶ぶりされた下《した》っ端《ぱ》小役人だそうだ。

彼の知り合いの羊飼いがたまたま群れからはぐれた子羊を探しに行き、『夕闇谷』の異変に気付いてラッドさんに相談。そこから国の上層部に報告されて、ルル婆ララ婆に話がいったという。

オイラはあんまり詳しくないんだけど、オーツ共和国というのは、オイラたちが住んでいるデントコーン王国から見て『竜の棲む山脈』を挟んでちょうど反対側、北方に位置する国だ。

ルル婆の説明によると、『夕闇谷』の辺りは『竜の棲む山脈』に遮《さえぎ》られて日照量が少なく、人口の少ない貧しい地域だという。

ところがこの『夕闇谷』には、ひとつのお宝があるそうだ。

百年ほど前に、『夕闇谷』に棲みついていたハグレ竜が討伐されたが、その住処《すみか》には多くの魔水晶があったというのだ。

以来、『夕闇谷』には魔水晶の鉱脈があるのでは、と噂《うわさ》されるようになったが、魔獣の強さに阻《はば》まれ、国としての調査・開発は二の足を踏んでいた。

「そんな場所があるんだ……てか魔水晶って、ルル婆の杖に付いてるやつとか魔道具に使うやつだよね？」

ジェルおじさんが前に説明してくれた話だと、普通の魔道具を動かすには人の魔力で充分だけれど、大型のものや、ずっと動かしておきたいものには魔水晶を使うんだったか。

「そう、日常生活に使うような魔道具には必要ないが、国防なんかの重要な魔道具には必須でね。希少な上に需要もある、ってなると高値が付くのは当然。ほら、コットンシードより向こうにソイ王国ってのがあるだろ？　あそこは砂漠の国で作物なんざほとんど採《と》れないが、魔水晶の鉱脈があってね。その資金力で、デントコーン王国に並ぶ大国でいられてるんだよ」

ミミィの説明に「へー」と頷《うなず》きながら、オイラは全く別のことを考えていた。

ってか魔水晶、鉱脈って言ってたよね？　ってことは鉱石？　剣に鍛えられたりする？　魔素を含む鉱物なら……ひょっとして、魔剣なんて打てたり？

魔剣ていうのは、製法も制作者も不明だけれど、大陸に数本だけ存在する不可思議な剣だ。形が変わったり、持ち手が使えないはずの魔法が使えるようになったり、持ち主を呪《のろ》ったりするらしい。剣の最高位とされる【神話級】とは別のベクトルで、鍛冶士の夢がパンパンに詰まっている。

ただ、魔水晶はメチャクチャ高いらしいから、買って試してみるのは絶対に無理。でも『夕闇谷』とかで偶然拾っちゃったりしたら、それはもうオイラのものってことでいいよね？

しっぽをわさわさ振り出したオイラに、何かを察したのだろう。リムダさんがちょっと引き気味にこちらを眺めている。ここ半年で、リムダさんもずいぶんオイラの思考回路を理解してきたようだ。

「その魔水晶の鉱脈があるかもしれない場所に巣くっていた魔獣が、いなくなった。上手くすればオーツ共和国もソイ王国に比肩する大国になれるかもしれない……上層部はそう考えたようです。まぁそのシワ寄せは、木っ端役人にくるわけですが」

ミミィの説明を引き継いで、黒々とした隈《くま》の浮いた顔で、ラッドさんが自嘲《じちょう》気味に肩をすくめる。ボサボサの髪にガサガサの唇《くちびる》、顔色も悪いし……ルル婆の長座布団のせいかと思ってたけど、それだけじゃなくて相当無理を重ねていたりするのかもしれない。

「調査団の編成、人員の確保、予算の算出、予定外の支出の調整……確かに最初に『夕闇谷』の話を聞きつけたのは僕ですが、無茶ぶりにもほどがあります……」

ラッドさんによると、『夕闇谷』から魔獣がいなくなっているかもしれない、そう聞いた国は、まずラッドさんたち地方行政官に調査するよう指示を出した。

だが、魔獣がいなくなっているかもしれない、でもまだいるかもしれないという状況。数匹でも残っていたとしたら戦闘能力のない役人だけでは死にに行くようなものだ。

そこで予算をなんとかひねり出して、それなりにベテランの冒険者パーティに護衛を依頼して、数人が出発したそうだ。

「僕は、無理やり予算を捻出《ねんしゅつ》した後始末に残されて、第一次調査団には参加しなかったんですが……僕たちレミングというのは、集団で大移動するほど種族のつながりが深くて、お互いに離れた場所でも多少の情報を共有することが出来るんです。調査団に参加した同僚《どうりょう》から伝わってきたのは、文章にすらならないパニックと恐怖。そして、調査団が戻ってくることはありませんでした」

「えっ!?」

「それからさらに、国のほうでより高ランクの冒険者パーティを起用して第二次、第三次と調査団が組まれましたが……誰も戻っては来ませんでした。魔獣がいた頃の『夕闇谷』で普通に活動出来るはずの実力者たちが、です。ついに国は、大陸でも最高峰の研究者——大賢者ルル様にご足労願うことにしたわけです」

ラッドさんの言葉を受けて、ルル婆は手にしていた湯呑みを傍《かたわ》らに置き、片足だけ草履《ぞうり》を脱ぐと片あぐらをかいた。小柄なルル婆は踏み石にさえ足が届かず、片足にまだ引っかかったままの草履がプラプラと揺れている。

「行ってみて驚いたのなんの。『夕闇谷』には……魔素がなかったんじゃわ」

「え？　『夕闇谷』って、魔物の領域だよね？」

「そう、他の場所より魔素が濃い、魔素の吹きだまりを魔物の領域と呼ぶ。『夕闇谷』は魔物の領域で、それも『竜の棲む山脈』にはとても及ばないが『無限の荒野』に次ぐ高レベルの魔獣が棲む、この辺りでも有数の魔物の領域じゃ。それがスッカラカン。魔法使い的には乾ききった砂漠のようなものじゃった」

その説明の後半部分がよく分からなかったオイラに、リリィがこっそり教えてくれる。

魔法使いは、自分の魔力を呼び水に自然界の魔素を取り込んで魔法を使う。つまり周囲に全く魔素のない場所で魔法は使えない。また、自分のものではない魔素を使うので、魔法を使うのはスキルを使うのよりも難しい。スキルは自分の魔力だけを使うので簡単だが、魔法ほど大きな現象は引き起こせない。

「へぇ、魔法とスキルってそうなってたんだ」

「そうなってたんじゃよ。魔法が使えないとなったら、大賢者とてタダの人じゃわ。まぁ、ララに頼んで様子を見てきてもらおうかとも思ったんじゃけどね……」

そこで、ルル婆はララ婆のほうをチラッと見た。

「あれは、ダメだよ。いくらあたしゃとはいえ、踏み入ったら命取りになる。何度も修羅場《しゅらば》をくぐり抜けた大盗賊の勘だ。信用ならないかい、ルル？」

「いやいや、とんでもない。大盗賊様の勘で拾った命の数は片手じゃ足りないくらいじゃからね、ララ。だからわしゃらは、リリの力を頼って、わざわざ『竜の棲む山脈』の反対側までやってきたってわけなんじゃよ、ノアしゃん」

「それって、さっき言ってた『風見』とかいう？」

ルル婆とリリィの顔を見比べるオイラに、ララ婆がニヤリと笑った。

「実際に踏み込めない場所を見たい。情報を知りたい。そんなときこそ風竜の能力なんじゃよ。風竜は情報の竜。風の知るものを風竜もまた知ることが出来る。まだ成長しきっていないリリは、通常その力を使いこなすことは出来ないが……ある特定の条件の下では、ほんの少しだけその力を前借りすることが出来るのしゃ」

　オイラの中で、ピンと何かがつながった。

　一見この件には関係なさそうなのに、無理やりここに連れてこられた……

「ミミィ!?　ミミィがいると、リリィがパワーアップするとかそういうこと!?」

02　増幅

「うーん、半分正解で半分ハズレじゃね。ミミィの中にリリィに継がれなかった風竜の力があるとか、ミミィと手をつなぐと封じられた力が解放されるとか、そういう浪漫溢《ろまんあふ》れる話じゃあないんじゃわ」

勢い込んで聞いたオイラに、ルル婆が微妙な顔をする。

黄表紙《きびょうし》――いわゆる大衆向けの小説のような展開を期待していたオイラは、スコーンッと出鼻をくじかれた。リリィとミミィが手を取り合って、ポーズを決めて「変身ッ！」とかやって欲しかったなぁ……。

「ミミはね、この大陸でも唯一の、『増幅《ぞうふく》』の魔道具の作り手なんじゃ」

「……増幅？」

よく分かっていないオイラとは対照的に、リムダさんやマリル兄ちゃん、ラッドさんがビックリした顔でミミィを見つめた。一方で、ジェルおじさんは既知の情報なのか驚いた様子はない。

「ああ、まだ紹介してなかったね、リムダしゃん、ラッドしゃん、マリルしゃん、これはミミ。リリの妹で、ララの三女じゃ。王都で魔道具屋をやっとる」

ミミィが、少しふてくされた表情のまま会釈《えしゃく》した。

「ノアしゃんに分かりやすく説明しゅると、例えばこの『鑑定』のメガネ。ノマドは魔法のメガネ、とか呼んでいたけどね、これは正確には『増幅』の魔道具なんじゃよ。『鑑定』は本来種族名とレベルしか読み取れない使い勝手の悪い魔法なんじゃ。それが、このメガネを通すだけで、ステータスからスキルポイントまで見通せる、極めて有用な魔法に昇華《しょうか》しゃれる。大陸広しとはいえ、このメガネを作れるのはクヌギ屋ミミだけなんじゃ」

「へぇーっ、ミミィって凄かったんだね！」

「凄いんだよ」

ララ婆に自慢《じまん》げに肩を叩かれたミミィは照れ臭そうにしていたが、はっと我に返ったように目を見開いた。

「ちょっと待っておくんなさいおっかさん。突然引っ抱えられて連れてこられたから、魔道具作りの材料なんてほとんど置いてきちまったよ！　今あるのは、ちょうど持ってた火炎鼬《かえんいたち》の絵筆だけだ。これからクヌギ屋にひとっ走りするとして……リリ姉さんの『風見』の増幅に使う量ってなると……」

眉間《みけん》にシワを寄せて算段を始めたミミィの肩を、ララ婆が笑いながら軽く叩く。

「心配はいらないよ。ここをどこだと思ってるんだい？」

ララ婆の言葉に、ミミィは怪訝《けげん》そうに辺りを見回して……オイラの顔に視線が止まると、「あっ」

という顔になる。

「そうだ、ノアちゃんちなら竜の骨使い放題じゃないか！　ケチケチしないで、なるべくいいヤツ出しとくれ！　それとミスリル、十キログラムずつの板が最低五個、もっとあるなら剣になってたとこで構わないよ、全部持ってきな！」

これが、婆ちゃんたちが言ってた『オイラに協力出来ること』か。

「ひえ～」

ミミィの人使いの荒さには定評がある。

追いまくられるままに走り回って材料を確保していると、背筋がじわっと熱くなった。この感覚は、とても覚えがある。

「なんじゃ、覚えのある気配が『竜の棲む山脈』の麓《ふもと》を突っ切って行ったから何事かと見に来れば、ずいぶんと忙《せわ》しそうじゃのぉ」

振り返ったそこにいたのは、執事竜《しつじりゅう》のセバスチャンさんを従えて立つ赤い長身の美女――いわずもがなの火竜女王、エスティだった。

顎《あご》に手を当てて小首を傾《かし》げる彼女を見たミミィが、腰を抜かしそうになりながらガタガタと震え出した。縁側でお茶を飲んでいたラッドさんも真っ青になって震え、ジェルおじさんも拳《こぶし》を握りしめている。

「あ……あ……」

震えながら跪《ひざまず》きそうになったミミィの前に、スッとララ婆が割って入った。

「その威圧を引っ込めてもらえましぇんかね。この子はあたしゃの娘だ。リムダしゃんの敵でも、ましてやノアしゃんの敵でもない」

なに、どういうこと？　威圧？

オイラが理解しきれない内にも、エスティはいらついたようにしっぽで地面を一打ちすると、片目をすがめ、自分より遥《はる》かに小さなリスの獣人親子を睥睨《へいげい》した。

「なに、少しばかり聞こえたものでな。たとえ大盗賊、おぬしの娘であったとしても……己《おのれ》が欲のためにノアを利用しようとするならば、灸《きゅう》を据《す》えねばならぬ」

「ちょ、ちょっとエスティ、誤解誤解！」

そこでオイラは、ことのあらましをエスティにも説明する。

「ふむ？」

不承不承ながらも威圧とかいうのを緩《ゆる》めたのか、固まっていたミミィがストンとへたり込んだ。

倒れそうになったラッドさんは、ルル婆が支えている。ただでさえ、寝不足のハードワークだったところに、竜の気を浴びるとかとんだ災難だ。

「つまりは、大盗賊の娘とやらは風竜の力の増幅装置を作っているというわけか。なるほど、面白い。実に面白い」

エスティが納得してくれたところで、作業に戻る。

材料はあらかた運び終わっていたので、オイラが『素材錬成』のスキルで二頭分の竜のしっぽの骨を粉にしていく。『素材錬成』スキルで錬成できる対象は鍛冶素材に限るのかと思っていたけど、なんでか本来なら鍛冶素材にはならない竜の骨にもいける。

さらにオイラは父ちゃんの鍛冶場から、一番大きな薬研《やげん》を引っ張り出した。

ミミィに指示されて、マリル兄ちゃんが黙々《もくもく》と薬研で擦《す》り始める。

二人は初対面なんだけど、普段からテリテおばさんと暮らしてるマリル兄ちゃんは、「逆らっちゃマズイ人」の気配に聡《さと》いので素直に作業している。

分かるよ、マリル兄ちゃん。そういう人、周りに多すぎだよね。

大きな五芒星《ごぼうせい》の形にミスリルを配置し、魔力で溶いた（このへんどうなっているのかよく分からない）竜の骨の粉に絵筆を浸して、ミミィが繊細《せんさい》な魔法回路を描き出していく。

それを見て、エスティが感心したように頷いた。

「今日は元々訪れるつもりではあったが……予想だにせぬ僥倖《ぎょうこう》よな。これは見事じゃのぉ。ノアの『父ちゃん』に通ずるものがあるわ」

ミミィの集中力が極限まで高まった鬼気《きき》迫る様は、確かに鍛冶の最中の父ちゃんに似ている。

かつて力こそ全て、と言っていたエスティも、一流の職人の仕事ぶりには何やら価値を見いだしてくれたようだ。……と思ったけど、よく考えたら鍛冶も『増幅』も強さにつながるものだから興味があるだけだったりして……。

エスティの横から身を乗り出したユーリが、熱に浮かされたように目を輝かせ、つばを飛ばしてしゃべり出した。

「凄い、凄い！　何この魔法回路！　知ってる、ノア？　補助魔法と魔道具の基礎《きそ》はほとんど同じなんだ。むしろ、補助魔法使い以外にも補助魔法を使えるように落とし込んだのが魔道具っていうか。だから私も魔道具のことはちょっとだけ分かるんだけど、普通魔道具ってのは、ひとつかふたつの属性を組み合わせて作るんだ。二種を竹型、三種を松型、四種を梅《うめ》型と呼んでて、その上に五種を組み合わせた桜《さくら》型があるんだ。でも桜型が使われるのはたったひとつ、光の魔道具だけ。光の魔道具は最もよく使われてる魔道具でもあるんだけど、火でも風でも水でも木でも土でもない『光』を生じさせるのは、実は魔道具士の技術の集大成、すっごい難しいことなんだって。魔道具も単純なものは一重《ひとえ》咲き、複雑になればなるほど二重咲き、三重咲きと呼ばれてて、大抵の魔道具は三重咲きまで。その模様《タングム》を内から上段・中段・下段って呼んでて……」

「ちょ、いきなり何語り出してんの、ユーリ!?」

目をキラキラさせたユーリが、興奮にダンダンと足を踏み鳴らす。

「ホントに凄いんだってば！　この凄さが上手く伝えられないのがもどかしいぃ！」

「えぇ？　どのへんが？」

聞き返したオイラが悪かった。

「女将が今描いているのは、桜型の八重《やえ》咲き。この世に存在しないはずの『光』以外の五属性魔道具なんだよ！　何で五属性が『増幅』効果をもたらすか分かる？　魔力ってのは、属性関係なく、人によって少しずつ違うんだよ。そしてその違う魔力を混ぜ合わせると、二種類なら二乗、三種類なら三乗で魔力の量が増えていく。つまり十の魔力だったなら二種類で百、三種類で千。当然のデメリットとして魔力操作も二乗三乗で難しくなっていくから、そんじょそこらの魔法使いには出来っこないんだけど。だから魔力がいっぱいある竜の骨が魔法触媒《しょくばい》として珍重《ちんちょう》されるわけ。魔法使いが自分の魔力と骨に残った竜の魔力を混ぜ合わせて、己の限界以上の魔力を使えるようになるからなんだよ。女将は元々ひとつであるはずの本人の魔力を属性の色を付けることで五種類に分け、それを再びひとつにより合わせることで五乗の魔力へと増幅させているんだよ。何でそんなこと思いつけたんだろう！　それに五乗の魔力ってことは通常の五乗、制御が難しいんだよ!?　こんなの爆弾と変わらないよ。そこを補うために、『増幅』効果の回路は二重咲き部分まで、残りの花弁は全て、魔力の波やうねりを抑え、魔力錬成をスムーズにし、魔力操作を補助するための模様《タングム》――これだけ膨大《ぼうだい》な種類の模様が、互いに反発せず機能するなんて、どれだけの計算と施行を繰り返したのか――」

うん。何か、めっちゃ難しいことをやってるってのは分かった。

怒濤《どとう》の勢いのユーリの言葉に、セバスチャンさんだけは同意するように何度も頷いていたけれど、エスティの目が途中から泳いでいたのをオイラは見逃さなかった。セバスチャンさんが熱心に見ているから言い出せないだけで、実はちょっと飽きてきてるでしょ。

すると泳いでいたエスティの視線が、ふとジェルおじさんへと止まった。

小首を傾げ、いまだに滔々《とうとう》と語っているユーリとジェルおじさんとの間で視線が行き来する。

「ところで、見ぬ顔じゃがおぬしらは何者じゃ？」

必死で気配を消していたジェルおじさんが、ビクッと肩を震わせると、それからひとつ深呼吸して、何とか威厳《いげん》を絞《しぼ》り出した。

「……火竜女王、エスティローダ殿とお見受けします。私はジェラルド・カーネル・デントコーン。こっちは、私の息子でユーリティウス・リンカ・デントコーンです」

普段のゆるいジェルおじさんからはかけ離れた固い挨拶《あいさつ》に、エスティは鷹揚《おうよう》に頷き、微笑《ほほえ》んだ。

「ふむ、いかにも我はエスティローダ。火竜の女王じゃ。デントコーンということは、おぬしがノアの言う『この国の王様をやっているジェルおじさん』か。なるほど」

エスティの扇子《せんす》がひらりと舞い――それは瞬時にパルチザン『金烏《ジンウ》』、本来の形へと姿を変える。

体ごと回すようにして斜め下から切り上げられた巨大な刀身がジェルおじさんを横薙《よこな》ぎにする、と思った瞬間、それは頬の寸前でピタリと止まった。

ジェルおじさんは避けるでも反撃するでもなく、ただエスティを見据えるとニッと笑った。

「お会い出来て光栄ですな」

オイラの角度からだと、ジェルおじさんの首筋をものすっごい冷汗が流れていくのが見えたけれど、エスティは満足そうに笑うと『金烏《ジンウ》』を扇子へと戻した。

「くくっ、前代の勇者だったか。確かにノアの叔父《おじ》というだけある。今後ともよろしゅうにな」

竜の挨拶はまず攻撃から。いなすかかわすかして一撃を返すのが竜の礼儀だと思っていたけど、『あえて避《よ》けない』という選択肢があるとは思わなかった。でも、オイラがやった場合、問答無用で吹っ飛ばされる未来しか見えない。

「凄い、凄いよ！　魔道具でこんなことまで出来るなんて！　女将天才！」

……自分の父親が女王竜に武器を向けられているというのに、全く気付かず『増幅』の魔道具しか見えていないユーリには、何だかオイラとの血のつながりを感じる……。

そこから少し離れた縁側では、ルル婆とリリィが静かに話していた。

「『魔物の領域』から魔獣がいなくなったと聞いて、まず思い出すのは百五十年前の『悠久《ゆうきゅう》の白峰《しらみね》』、祟《たた》り竜の件じゃね」

「デイリー暦《れき》一八二一年八月、現アルファルファ神聖国内『悠久の白峰』にて魔獣の約九割が減少した一件」

リリィの言った具体的な年数に、オイラは驚いてルル婆に近づき、尋ねた。

「え、祟り竜って、理性を失った狂った竜が暴れ回って、竜と魔獣と人とが協力して倒したっていう昔話？　あれ、本当にあった話だったの？」

「わしゃが研究したから確かじゃよ。けど今回のはちっと違う。『夕闇谷』には、祟り竜どころか音も気配もニオイもないんじゃわ。まるで生き物の消失した死の谷――」

虚空《こくう》を見つめしばらく黙《もく》していたルル婆が、魔法の杖をドンとついた。

「いや違う。ニオイがなかった。死はニオう。血も死体も長時間ニオイを発する。そして死は虫や鳥、死体の捕食者の生を呼ぶもの。死んでいないなら、魔獣たちはどこへ行った？」

「どこへ行ったたって、ルル。それを確かめるためのリリの『風見』だろ？」

ララ婆の言葉に頷きつつも、ララ婆は眉間にシワを寄せた。

「魔獣がいるから魔物の領域。魔獣がいなくなったならば、魔素がなくなっていても不思議はない——わしらは無意識にそう思い込んどった」

「うん？　何か違うってのかい、ルル？」

ルル婆は中天《ちゅうてん》を過ぎた太陽に眩《まぶ》しそうにシワだらけの手をかざし、ひとつ深呼吸をした。

「順番が逆じゃったんじゃよ。魔獣がいなくなるから魔素がなくなるのではなく……魔素がなくなったから、魔獣は暮らせなくなったんじゃ。魔物の領域の魔獣は、ダンジョンの魔獣とは違う。実体がある。魔素を得られなくなった魔獣は——他へ行くしかない。それが今まで目撃されてないってことは、いずれ、これから」

聞いている内にみるみる顔色を失ったララ婆が、ポツリと零した。

「まさか」

ルル婆と異なり全く思い当たる節のないオイラが首を傾げたとき、いつの間にやら隣に来ていたエスティが扇子でポンと手のひらを叩いた。

「なんじゃ、気付きおったのか」

「えっ、て、エスティ、ひょっとして『夕闇谷』から魔獣がいなくなったのが何でなのか、知ってたの⁉」

「『夕闇谷』とやらは見てはおらぬが。人間が早々に忘れてしまったことでも、我ら竜種からすれば、一生のうち何度も目にする風物詩《ふうぶつし》のようなものであるからの。想像は付く」

「じゃあ教えてみてよ、なんで魔獣がいなくなったのさ？」

それに対して、エスティは答えるでもなくニヤリと笑うと、リリィの腕を掴《つか》み、オイラの背をミミィのほうへと押す。

「そんな些事《さじ》より、大盗賊の娘が一仕事終えたようじゃぞ。我は、そこな風竜小娘を呼びに参ったのじゃ。王都一と豪語《ごうご》する魔道具職人の腕、我は早う確認してみたいのじゃ」

不本意ながらもミミィのほうに目をやると、半径1メートルほどの範囲《はんい》にミスリルの板が五芒星の形に並んでいた。それをつなぐようにオイラが打ったミスリルの剣が伏せられ、その全面に白い花のような魔法回路が描かれている。

ミミィはお盆の二倍くらいの大きさのミスリル板に、また違った形の魔法回路を描き終えたところだった。

エスティって、大言壮語《たいげんそうご》……っていうとちょっとニュアンスが違うけど、実力を伴った上で大きいことを言う人のこと、結構好きだよね。ミミィと気が合うのも分かる気がする。

「百聞《ひゃくぶん》は一見にしかずじゃ、のぉセバス」

「さようでございますな、お嬢様」

恭《うやうや》しく同意する黒服の執事もまた、ミミィの描く魔法回路を興味深げに見つめている。

話の腰をボッキリ折られた婆ちゃんたちも、複雑な顔をしつつもミミィの作り上げた魔道具？

魔装置？　を取り囲んだ。

「さぁさぁ、遠からん者は音にも聞け！　近くば寄って目にも見よ！　他では決してお目にかかれない天才魔道具職人クヌギ屋ミミによる一世一代渾身《こんしん》の大傑作《だいけっさく》、本日限りの興行だ！」

集中しすぎて変なテンションになったらしく、そんなことを言っているミミィに、ユーリがやんややんやと拍手を送る。

小首を傾げたリリィが、ミミィに促されて五芒星の中心に入る。

ピューーーーぃぃぃーーーピュアーー

リリィの口元から発せられたか細い口笛が辺りに響いたとき。

ぶわっとリリィの足下から、仄《ほの》かに白く輝く風が螺旋《らせん》を描いて吹き上がった。

リリィの膝上丈《ひざうえたけ》のスカートが膨《ふく》れ、普段はスカートに紛れている白いしっぽとカボチャパンツがはっきり見えた。白い髪も大きく巻き上がる。

「なるほど、これが『増幅』……だがこれでは、戦いに持って行くわけにはいかぬな」

「据え置き型でございますから。ですが円形で固定すれば、多少は移動が可能かもしれませんな」

「これの中心を通してブレスを放ったら、風竜王くらい丸焼きに出来るのではないか？」

不穏な会話を交わす火竜の主従に、オイラは思わず突っ込む。

「全部を全部、戦いに結びつけるとこはさすが戦闘狂《エスティ》だよね」

「全部を全部、鍛冶に結びつける鍛冶バカに言われたくはないの」

「……炉《ろ》の中にこれを作ってもらったら、今までとは違う剣が打てたりするかな？」

そこまで聞いて、ミミィが額《ひたい》に青筋を浮かべてニッコリと笑った。

「この『増幅』の魔道具は、幼竜《ようりゅう》相当のリリ姉さんの力を成竜に近づけるので精一杯。成竜のブレスなんぞに耐えられるわけがないでしょうが！　ノアちゃんも！　ミスリルが溶ける炉の温度に、ミスリルで作った魔道具が耐えられるわけがないだろうよ！」

ああ、そういえばミミィはエスティとジェルおじさんが自己紹介しあってたときに話を聞いてなかったから、エスティが女王竜だって知らないのかー、なんて思ったとき、ミミィの持つミスリル板がまばゆく輝いた。

「っ!?」

白く波打ったように揺れるミスリル板の表面に、次第に何かの光景が映し出される。

木の葉みたいなものが見えるけど、多分……これは、オーツ共和国『夕闇谷』の光景だ。

リリィの白いこめかみに、つぅっと一筋の透明《とうめい》な汗が流れた。

「リリ、もっと下、もっと下だ。上から伝書鳩で見たんじゃ、木々が深すぎてよく分からなかった最奥《さいおう》……行けるかい？」

まるで鳥にでもなったかのように、重なった木の葉をすり抜け、枝をくぐり抜けて視界が開ける。ぐんぐん流れていく景色の中、木の梢《こずえ》や岩、草花は映っても、魔獣はおろか鳥も虫さえも映り込まない。リリィが運ぶのは景色だけで、ニオイも音も温度も感触も伝わってはこない。

それが一層、『夕闇谷』を作り物めいて見せていた。

ピューーーーぃぃぃーーー

掠《かす》れがちな口笛。白く揺れるミスリル板に、一瞬、大きな木とそれを囲む大勢の生き物が見えて――……

ハッ、ハッ、という短い呼吸の音と共に、ミスリル板の景色が大きく乱れる。

「リリィ、大丈夫⁉」

オイラの声に、ミスリル板を凝視《ぎょうし》していたララ婆がギョッとリリィを振り返り、顔色を変えた。

「リリ⁉　こりゃ魔力欠乏症だ！　もういい、止めるんだよリリ！　無理をさせちまった。ルル、頼めるかい⁉」

リリィは細い眉《まゆ》を寄せ、白い指先が苦しそうに胸元を握りしめる。早く浅い呼吸を繰り返し、滝のような汗が流れていた。

それでも口笛を続けようと口を尖《とが》らせかけたリリィを、ララ婆が力ずくで五芒星の中から引きずり出した。

リリィの背にルル婆が手のてらを当てると、ルル婆の手が淡い紫に輝いた。輝きは、リリィの中に吸い込まれていき……リリィの呼吸が、少しずつ落ち着いていく。

「もうちょっとで、見えた」

「何を言ってるんだい！　あとちょっとでも続けてたらアンタが危なかったよ！」

震える指先を『増幅』の魔道具に伸ばすリリィを、ララ婆が叱《しか》り飛ばす。

魔法を使えないオイラは知らなかったんだけど、ララ婆によると、魔法を使いすぎて魔力が空っぽになってもまだ魔法を使い続けると、体が『魔力を生み出すこと』だけに集中してしまう。つまり、消化や呼吸、鼓動などの、普段無意識に体が行っている機能が段々と止まっていってしまうんだそうだ。

リリィに魔力を分け与えているらしいルル婆が、難しい顔で口を曲げた。

「それにしても、これほど急激な魔力欠乏症は聞いたこともないよ。たったこれっぽっちの時間でリリの魔力が底をつくとはねぇ。前回は、四半時やってても平然としてたってのに……『夕闇谷』のせいかい？」

リリィがコクリと頷く。

「風に魔力を送っても送っても、まるでどこかに吸われていってるみたいで……奥に行けば行くほど、風に力が入らなくなった。ごめん、母さんたち。リリ、役に立たなかった」

そんなことあるもんかい、と言いかけたララ婆の言葉を、パサリと広げられたエスティの扇子が遮った。

「そう悲観することはないぞ、小娘。一瞬ではあったが、肝心《かんじん》な場所は見えたからのぉ」

「えっ？」

目を丸くして見上げるリリィに、エスティは口元を吊り上げた。

「まずは見事と褒《ほ》めてやろう。風竜が風を用いて遥か遠くの事象を『視る』ことは知っておったが、まさかその様《さま》をこの目で見られようとは思っておらなんだ。風竜独自の技を、万人に知れる型に落とし込んだは天晴《あっぱ》れ。姉妹の妙技《みょうぎ》、人にしか考えつかぬ技術よな。その褒美《ほうび》に、我もひとつ、人が知るはずもない知識を披露《ひろう》してやろう」

フフン、と自慢げに笑うと、エスティはツカツカと縁側へと近づいた。

そこに出しっぱなしになっていた父ちゃんの褞袍《どてら》を地面へ広げると、そこにバシャバシャと婆ちゃんたちの飲み残しの玄米茶、さらには鉄瓶《てつびん》に残っていたお茶も残さずかける。

「ちょっ、いきなり何するのエスティ!?」

父ちゃんの褞袍《どてら》は赤茶色でゴミゴミした柄だし、お茶の染みくらいそんなに目立たないけど……。

「まあ、黙って見ておるがいい」

そう言いながらエスティは、懐から落花生《らっかせい》の載《の》ったクッキーをごそごそと取り出し、褞袍《どてら》の上にひとつ置いた。

っていうかエスティ、お菓子常備してんの？　竜形態のときにはどうなってんの、それ？

玄米茶を吸い込んだ褞袍《どてら》の上には、クッキーの甘い匂いに釣《つ》られて、何匹もの蟻《あり》が登ってきていた。

婆ちゃんたちも、いぶかしげにしながらもエスティと褞袍《どてら》とを見比べていた。

03　魔物の領域とは

「良いか、小娘。我は女王ゆえ寛容《かんよう》じゃ。おぬしらにも分かりやすいよう説明してやる。まずは、この褞袍《どてら》はおぬしらの暮らす大地じゃと思え」

「はい？」

なんだか突拍子もないことを言い出した……そう懐疑的に眉を寄せた全員の顔が、次のエスティの言葉で激変した。

「そして、この褞袍《どてら》に染みた茶が、人が魔素と呼ぶもの」

人が知るはずもない知識――エスティの先ほどの言葉が頭をよぎる。

「この褞袍《どてら》の上を歩く蟻が、おぬしたち人間じゃ。蟻は軽すぎるゆえ、濡《ぬ》れた褞袍《どてら》の上を歩いても褞袍《どてら》自体には何の変化もない。しかし、ここに――……」

エスティがクッキーのすぐ脇に、襟首《えりくび》を掴んだタヌキ――うちの飼い猫をひょいと置く。

突然竜に掴まれたタヌキは、置物のようにカチンと固まっていた。

「竜という重しを置く。すると」

ひたひたに濡れた褞袍《どてら》はタヌキの重さの分だけ沈み、脚の周りにじわりとお茶が染み出してくる。

瞬《また》く間に、脚の周りは小さなお茶の水たまりのようになった。

「これが、魔物の領域の成り立ちじゃ」

「「……なっ！！！」」

絶句する婆ちゃんたちに代わって、オイラが頭の中を整理しつつ確認する。

「ってことは、つまり、竜の住処が、魔物の領域になっていくってこと？」

「そうじゃ。竜の周りに魔素は染み出す」

「それじゃあ、魔物の領域は魔素の吹きだまり、っていうのは間違いなんだ」

なぜかエスティはチラッチラッとセバスチャンさんのほうを見つつ、軽く首を傾げた。

セバスチャンさんは無言での何かのハンドサインをパパパッと送ってきた。エスティが小さく頷く。

「ふむ、あながち間違いとも言い切れぬ。今は茶で説明したが、本来魔素は風にも流れるし、水にも溶ける。単に染み出しただけでは、竜の周りに留まり続けることはない。それを、魔物の領域と呼ばれる特定の地域に定着させているのは、そこにある、その菓子よ」

「クッキー？」

タヌキが生み出したお茶だまりに半分浸かったクッキーは、元々かなり柔《やわ》らかかったのか、少しずつ溶け出して玄米茶にとろみを加えている。

「魔素を、定着させる存在……じゃと!?」

驚愕《きょうがく》に顔を引きつらせるルル婆に、エスティはニマニマと得意げな笑みを向ける。

「知りたいか？　知りたいかの、大賢者？」

苦虫を噛《か》み潰したような顔をしたルル婆に、エスティは楽しそうに、胸元から何やら小さなものを取り出すと、手首を返して軽くヒュッと投げつけた。

ルル婆の顔の前で、ララ婆の右手がパシッとそれを受け止める。開いた手のひらの上にあったのは、茶色い半円形の――……

「種？　これって……回復の柿《かき》の!?」

回復の柿というのは、魔物の領域で魔獣が偶《たま》に落とす回復アイテムだ。回復薬より効果は高いが、傷《いた》みやすく魔物の領域の外に持ち出せないデメリットがある。

見慣れた種に思わず声をあげると、エスティは満足そうに頷いた。

「さよう。おぬしらが回復の柿と呼ぶものは、トレントの実なのじゃ」

「トレントでしゅと!?」

婆ちゃんたちはビックリしているけど、オイラはいまいちピンとこない。なんかどっかで聞いたことがある気もするけど……？

「トレントって、魔獣？」

「トレントってのは、まぁ植物系の魔物の一種じゃわ。そこの『無限の荒野』によくいる鬼《おに》アザミや鬼栗《おにぐり》なんかも植物系の魔物じゃね。ただ、トレントが他とは決定的に異なるのは、自ら動けるってことじゃと言われておる」

ルル婆の解説に、オイラの頭にうにょうにょと蔓《つる》を動かす鬼アザミと、根っこで獲物を捕まえる鬼栗が浮かぶ。

「って、鬼アザミも鬼栗も動くよね？　それに、言われている……ってルル婆でも見たことないの？」

「普通の植物系の魔物は、枝葉や蔓、根を動かすことはあっても、一度根ざした場所から動くことはないし、距離をとれば襲われることも追いかけてくることもないじゃろ？　しかしトレントは、『歩く』と言われておるんじゃ。ただ、ほとんどの魔物図鑑に載っているほど有名な魔物であるにもかかわらず、目撃例は極端に少ないんじゃよ。下手をしたら、そこのチギラモグラよりも生息数が少ないのかもしれないね」

言われて、オイラは首元の黒モフへと視線を落とす。オイラからだと顔はよく見えない。今までクースーピーと寝息が聞こえていたけれど、自分の話題になったと分かって起きたのか、くあっ、とあくびの音がした。

そこに、エスティの不思議そうな声がした。

「何を言いおる、大賢者。トレントなぞ、そこここにおるではないか」

「へぁっ？」

間の抜けた婆ちゃんたちの声に、エスティは手をかざして陽を遮ると、目を細めて周囲を見渡した。

「ここから見えるだけでも、ひぃふぃみぃ……六体はおるぞ？」

「はぁっ？」

慌てて周りを見回してみても、目に映るのは何ら変哲《へんてつ》もないいつもの景色だ。確かにオイラのうちは『無限の荒野』に近いけれど、『無限の荒野』全域が一望出来るわけでもない。

身長差？

そう思ってエスティの頭の高さまで何回かジャンプしてみたけれど、やっぱり木々や建物に遮られて、『無限の荒野』の一部しか見えない。

「ああ、他の植物に擬態《ぎたい》して成長するゆえ、人には見分けがつかぬのかもしれぬのぉ。トレントは散歩好きでな、時折魔物の領域の外の植物にも紛れ込む。家の裏の防風林の杉が、ある日二十本から二十一本に増え、また明くる日に二十本になっていたとして、いったい誰がそれに気付く？」

「ってことは、うちの庭の木にもトレントがいるかもしれないってこと!?」

見える範囲に六体ってことは、かもしれない、じゃなく確実にいる。

「まあ、暗闇に近くを通る人間の背筋を撫《な》で上げて驚く様《さま》を楽しむくらいの、害のない魔物じゃ。特にいても困るまい。切り倒してもぐんにゃりして木材には使えぬが」

そこに、小声でセバスチャンさんが口を挟む。

「お嬢様、トレントは切られる前に逃げますゆえ、早々人に倒されることはございませぬ」

「そうであったな。あれは中々の逃げ足であった。切ろうとした木が逃げる。ゆえに稀《まれ》にトレントの目撃情報があるわけじゃ」

ん？　さっきからのコメントといい、エスティってひょっとしてトレント切ろうとしたことがある？

でもそんなことより。

「じゃあ、庭の木に回復の柿がなったりする!?　オイラ、果物の中で柿が一番好きなんだよね。普通の柿も美味しいけど、回復の柿は渋《しぶ》いのがなくて歯ごたえがあって凄い美味しいよね！　柔らかくなるのが早いのが難点だけど」

異論反論あるとは思うけど、オイラは硬い柿が大好きで柔らかいものはあまり好きじゃない。うちの庭にも柿の木が植えてあって毎年美味《おい》しくいただいてるけど、ぶちゅっと熟れすぎた柿の実は採らずに鳥がつつくに任せている。

諸手《もろて》を挙げて喜んだオイラの後頭部に、スパァアンッと久しぶりのハリセンが炸裂する。

「自分ちの庭に魔物が潜《ひそ》んでるのを喜ぶ人間が、どこにいるってんだい！」

「え、ここに」

そこにマリル兄ちゃんも同意する。

「植物の境界は、魔物かそれ以外かじゃなくて、食えるか食えないかですよ、ララ様」

「鬼栗も美味しいよね」

「鬼アザミはよく生えるけど、食えないから雑草だな」

テリテおばさんちの畑は『無限の荒野』にまで広がっている。畑を荒らす魔獣は害獣、畑に勝手に生える植物系の魔物は雑草というくくりになって、駆除や草むしりの対象だ。

「鬼アザミは結構根っこが頑丈だから、むしるのが大変なんだよねぇ」

もちろん、畑の草むしりにはオイラも駆り出される。今度、攻撃補整の高い鋤鍬《すきくわ》でも作ってみようか。冒険者ギルドで収集依頼の出ている『鬼アザミのトゲ』は大きくなった鬼アザミにしかないから、生えたての鬼アザミはむしっても堆肥《たいひ》にするくらいで使い道はあまりないし。

「……テリテしゃんちの常識ってなぁ、世間の非常識だよ」

頭を抱えてララ婆が何やら呻《うめ》いているけれど、それを横目にエスティがオイラの期待を無情に打ち砕《くだ》いた。

「魔物の領域の外を出歩くようなトレントはまだ好奇心の旺盛《おうせい》な若木ゆえ、実はつけぬぞ」

「ええーっ、そうなの⁉」

ガーンとショックを受けるオイラの横で、ルル婆が頬に手を当てる。

「確かに、回復の柿は冒険者七不思議のひとつに数えられるほど、誰でも知ってる割に誰も出所を知らない、っていう妙な存在だからね。冒険者なら誰でも欲しがる実じゃから、しょのへんの木になるなら、あっという間に情報が広がってるじゃろうね」

その言葉に、エスティもひとつ頷く。

「そうじゃな。そもそも人がトレントの実を回復の柿と呼ぶのは、実に穿《うが》った呼び方なのじゃ。トレントの生態は実に柿に似ておる。受粉樹というのを聞いたことがあるかの？」

それに答えたのは、マリル兄ちゃんだった。

「ああ、俺、それ知ってる。甘柿には、無駄花《むだ》……つまり、雄花がないから、甘柿だけを植えても実がならないんだよな。甘柿が実を結ぶには、受粉樹っていう、雄花を咲かせる柿の木が別に必要なんだ。うちにも二本植えてあるぜ」

初めて聞いたオイラは、思わず自分ちの庭の柿の木を見上げる。

「うちにはこれ一本しかないけど、毎年実がなってるよ？」

「そりゃあ、多分うちから花粉が飛んでってるんだ。それか、この木自体が受粉樹なのかもな。受粉樹にも実はなるから。当たり外れは大きいけど」

当たり外れ。甘いのと渋いの。確かにうちの柿は剥《む》いたけど渋くて、そのまま干し柿にするのも結構ある。ヘタの反対側に黒い渦巻き模様がくっきり見える柿は甘いことが多い。

「それと同じでのぉ、魔物の領域の境界付近にいるトレントは全てが雌花しかつけぬ木での、そのままでは実は結べぬ。成長し、実をつけたくなると、受粉樹をめざし自ら集まってくるのよ」

「集まってくる?」

まるで、エスティ自身が受粉樹でもあるような言い方が少し引っかかった。

「雄花をつける受粉樹は、エルダートレント、始まりのトレントとも呼ばれ、最早動くことの出来なくなったトレントなのじゃ。トレントの実は回復の効果があるが、その種は濃密な魔素を含む。魔物の領域の中で、最も魔素が濃い場所といえば……」

「あ、竜の側《そば》?」

エスティはオイラの頭に手を乗せ、くしゃくしゃと髪を混ぜ、反対の手で褞袍《どてら》の上の半分溶けかけたクッキーの落花生を差した。なるほど、落花生は受粉樹を表わしていたのか。

「ノアは教え甲斐《がい》があるのぉ。いかにも、トレントの終《つい》の棲家《すみか》は竜の巣の中じゃ。受粉樹の周りにトレントは集まり、実った果実は転がり、内に転がった物は窪《くぼ》みに溜まり自然に発酵《はっこう》し、竜の酒となる」

オイラはポンと手を打った。

「『獣の森』のじいちゃんに届けた、『竜の雫《しずく》』!?」

「そうじゃ。外に転がり出た果実は、魔獣が拾い運んでゆく。回復効果のある果肉は、魔獣を釣るための餌《えさ》じゃな。トレントの種の発芽条件は、『一定の魔素を失うこと』でのぉ。魔素には、濃い場所から薄《うす》い場所へ流れて均一になろうという性質がある。魔物の領域の縁は、奥地に比べて魔素が薄い。ゆえに、境界付近に近づいたトレントの種は発芽条件を満たし、そのとき周囲にある植物に擬態して芽を出すわけじゃ」

滔々《とうとう》と説明するエスティを、ルル婆がぎこちない動きで見上げる。

「ということは、人間が回復の柿を手にすると、実が一気に傷むのは……」

「魔獣に比べて人間は魔素濃度が低い。人間に持たれたのをきっかけに魔素が流れ出し、トレントの実が発芽しようとするからじゃな。実の魔素は一度きっかけを得ると堰《せき》を切ったかのように流れ出し、止めることは出来ぬゆえ」

「なんとまぁ……」

ルル婆とララ婆は顔を見合わせ、大きくため息をついた。それにエスティが得意そうに胸を張る。

「マメ科の植物が窒素《ちっそ》を定着させ土地を豊かにするように、トレントは竜の周りに染み出した魔素を地に定着させる働きがある。放っておけば周囲に流れ出し均一になろうとする魔素はトレントによって引き留められ、魔物の領域と呼ばれる魔素の吹きだまりになるわけじゃ」

説明を終えたエスティに、すすっとセバスチャンさんが近づく。

「さすがでございます、お嬢様」

「そうであろう、そうであろう」

「さすがは火竜女王と、そうは思われませぬかな、大賢者どの、大盗賊どの」

セバスチャンさんに振られたルル婆とララ婆も頷く。

「確かにねぇ。回復の柿とトレントと魔物の領域にそんな関係があるだなんて、考えたこともなかったわ」

「火竜女王は強さばかりかと思ってたが、中々どうして博識《はくしき》だったんだね」

口々に褒められ、エスティが腰に両手を当ててのけぞらんばかりに鼻を高くしている。

「ん？　そういえば、魔物の領域と回復の柿とトレントに関しては分かったけど、それと今回の『夕闇谷』と、どう関係するの？」

濡れた褞袍《どてら》を片付けようと手を伸ばして、ふと我に返る。

エスティの講義は面白かったけど、始まりは確か、「リリィのやったことは無駄ではなかった」みたいな感じだったはずだ。

エスティはニッと笑うと、オイラの隣にしゃがみ、褞袍《どてら》の上で固まったままだったタヌキに手を伸ばした。

「それはのぉ、つまりはこういうことじゃ」

ひょい、と持ち上げられたタヌキと、エスティの顔を見比べる。「こういうこと」と言われても、何が何だかよく分からない。

楽しそうなエスティの視線はタヌキをどけた褞袍《どてら》に落ちているのでオイラももじーっと、お茶とクッキーで汚れ、蟻のたかっている褞袍《どてら》を見つめてみた。

「あれ？」

「あ、あ、あぁっ！」

オイラが気付くのと、ルル婆が気付くのはほぼ同じだった。

タヌキがどけられた褞袍《どてら》はゆっくりと窪みが戻り、それに伴って滲《にじ》んで水たまりみたいになっていたお茶も周りに吸収され、表面からはなくなっていく。

つまり、タヌキが竜で、お茶が魔素だから……

「竜！　竜の討伐じゃわ！　『夕闇谷』では百年前に竜の討伐があった！　竜がいなくなれば、魔素は他と同じに戻る！」

ルル婆の愕然《がくぜん》とした叫びに、エスティはクックッと嗤《わら》った。

「人の業《ごう》よな、大賢者。群れからはぐれた竜は、よほど魅力的《みりょくてき》な獲物に見えるのか。殺さずにはおられぬのが人というもの。回り回って、その咎《とが》は己の子孫が受けるはめになるというに」

それからエスティの視線は再び褞袍《どてら》の上へ――クッキーに集まり、運びだそうとしている蟻たちに向けられる。

「トレントは魔素を定着させる。つまり、トレントの終の棲家にはまだ魔素が残っているのであろう。さっき、そこな小娘の魔法でも一瞬見えたではないか。エルダートレントを囲んで静かに『その時』を待っている魔獣たちの姿が」

「あ！」

確かに、リリィが魔力欠乏症になる寸前、一瞬だけ大きな木を囲む動物たちが映った気がする。

「あれは、まさしく魔物の領域の末期《まつご》の姿。そうじゃろうとは思っておったが、小娘のおかげで確信出来たわ。ようやった」

褒められたリリィが、いまだ青白い顔で目をパチクリさせる。

エスティに褒められると、嬉《うれ》しいよりまず「え、本当に？」みたいな感じになるよね。分かる。

「竜がいなくなると、魔素は薄れる。魔素がないと魔物は生きられない。トレントもいずれ枯れてしまう。そんなら……取り残された魔物は？」

渋い顔をしたルル婆の問い、エスティは片眉を上げたまま黙して語らず、答えたのはリリィだった。

「……スタン……ピード……」

ジェルおじさんとラッドさんが大きく息を呑《の》んだ。

「え？　スタンピード？　それってなんなの？」

オイラ以外の全員が知っているようだけれど、オイラは初耳だ。顔を青ざめさせながらも、リリィが答えてくれた。

「スタンピード、それは魔獣の大暴走のこと。通常、魔獣は魔物の領域の外に出てこない。それが、何らかの理由でひとつの魔物の領域の全ての魔獣が恐慌《きょうこう》状態に陥《おちい》り、魔物の領域の外へと暴走する。スタンピードが起きた魔物の領域は滅びる、と言われている」

リリィの言葉を、ララ婆が補足する。

「起こるのは百年に一回とか稀《まれ》な現象だから、若いノアしゃんは聞いたことがないかもしれないね。幾《いく》つもの街や、下手したら国が壊滅《かいめつ》するほどの大災害だ。リリが言った通り、スタンピードが起こった魔物の領域は滅びると言われていたが、なんのこたぁない、全くの逆だったわけだ」

「『夕闇谷』の周りに大きな街はないが、それでも数百人規模の村が三つはある。それにスタンピードが到達しうる最大距離を計算したら、数百万人単位で避難させにゃなるまい。百年、二百年に一度のスタンピード、わしゃが警告したとて果たして幾つの国が動いてくれるか」

ルル婆の言葉に、エスティがククッと意地の悪い笑みを浮かべた。

「そんな悠長《ゆうちょう》なことを言っていていいのか、大賢者。確かに今まで、スタンピードが起こったのは百年、二百年に一度。だが、前回ハグレ竜の討伐があったのは？　前々回ハグレ竜の討伐があったのは？　近頃の人間は忙《せわ》しいからのぉ。次のスタンピードが起こるのは、はて、何年後になるやら」

「なっ、ななな」

確か、ハグレ竜の討伐があるのは数十年に一度、と前にララ婆は言っていた。昔より頻度《ひんど》が増しているのかもしれない。

血の気の戻らないルル婆が、白い顔をエスティへ向けた。

「今こそ腕の見せどころでしゅよ、火竜女王。貴女なら暴走する魔獣の群れくらい、ブレスの一薙ぎで壊滅出来るでしょう？」

「何を言いおる、大賢者。我は魔獣の神ぞ？　人を守って魔獣を殺すなぞ、それは我にとっては悪行に他ならぬ。人を守りたいならば、人が尽力すべき。そうは思わぬか？」

どうやらダメ元で言っていたらしいルル婆は、さほど残念がるでもなく肩をすくめた。

「あ、だったらさ。竜のいるとこに魔素は湧《わ》くわけでしょ？　エスティは無理でも、誰か他の竜にしばらく『夕闇谷』にいてもらえば、魔素が復活するんじゃゃない？」

「なるほど、その手があるか」

マリル兄ちゃんは同意してくれたけれど、エスティは首を横に振った。

「残念ながら手遅れじゃ。竜がいなくなってから魔素が枯れるまで百年。魔素が満ちるまでにも同等の歳月がかかる。それに、小娘の結んだ景色をおぬしも見たであろう。残っておるのは既にエルダートレントただ一本。トレントは若木の間は動けるが、実を付けるようになると次第に動きは緩慢《かんまん》になり、やがて移動することも出来なくなる。動ける若木は『夕闇谷』から逃れ、動けぬ木は……既に、魔獣に食い尽くされたのじゃろう」

「え⁉　食い尽く……って、トレントは魔素を定着させて、魔物の領域を維持《いじ》してくれてるんでしょ⁉　そのトレントを食べちゃったら、魔獣だって生きていけなくなっちゃうんじゃないの？」

「人間とてあるであろう？　その種籾《たねもみ》を食い尽くしてしまったら、来年撒《ま》く種がなくて確実に飢える。それが分かっていても……その目の前の米を食わねば命がつなげぬ、そんな飢餓《きが》の冬が。『夕闇谷』の魔獣たちは、まさに今、その死に至る飢餓に苦しんでおるのよ。明日の安寧より、たった今の痛みから逃れたい、と」

エスティは遠く『竜の棲む山脈』の向こうを見つめ、それから視線を伏せた。

「魔獣たちは、今、静かに飢餓に耐え、『その時』を待っておるのよ。エルダートレントが周囲からなりふり構わず搾《しぼ》り取った魔素をつぎ込み実らせた、最後の実が熟すのを。そして実が熟したとき最後のトレントは倒れ、『夕闇谷』最後の魔素を腹に魔獣たちは他の地の魔素を求めて走り出す。それがスタンピード。飢餓で恐慌状態に陥った魔獣たちの、大暴走じゃ」

今度こそ、オイラは声もなくエスティを見つめた。そんな……そんなの、巻き込まれる人間はもとより、トレントだって魔獣だって救いがなさすぎる。

オイラの視線は次第に下へ落ち、クッキーを運び始めた蟻の行列へと行き着く。

「エスティが魔獣の神さまだっていうなら、魔獣だけでも助けないの？」

「まだ動けぬ卵ならばともかく、一度《ひとたび》地に足を付けたならば、魔獣はただ守られることを良しとはせぬ。強きは生き残り、弱きは死ぬ。スタンピードを起こした魔獣のほぼ全てはいずれは人に狩られ死に絶えるであろうが、それもまた自然の摂理というもの。我は人を守らぬ代わり、魔獣を殺した人間に報復することもない」

確かにそれは、魔獣の基本的な在り方なのだろう。親や子を殺された人間が魔獣に復讐《ふくしゅう》を挑むことはあっても、親や子を殺された魔獣が人間を付け狙《ねら》うことはない。

「でも、トレントは？　エルダートレントはもう動けないなら、卵と同じでしょ？」

エスティはほんの少しだけ、視線を伏せた。

「ノアが、人だけでなく魔獣まで気遣ってくれるのは嬉しい。が、先ほども申したであろう。もう手遅れじゃ。小娘の結んだ景色ではそこまで見えなかったが、おそらくエルダートレントは根を掘り起こされ齧《かじ》られ、満身創痍《まんしんそうい》であろうからの。我らが庇《かば》い別の地に植樹したところで息を吹き返すものではない」

そこに、セバスチャンさんも言葉を重ねた。

「ノアどの、トレントの思考回路は魔獣よりも植物に近うございます。彼らの望みは、自身の命の存続ではなく、己が種が芽吹《めぶ》くこと。それゆえに、傷つけられれば傷つけられるほど、力を振り絞ってより多くの実を結ぶのです。そして、その実を食らった魔獣が他の魔物の領域に辿《たど》り着けば、トレントの命は次代へつながる」

「まあ、もっともその確率は限りなくゼロに近いがの。トレントが成長出来るのは、魔物の領域と外界との境の、いわば汽水域《きすいいき》だけじゃ。魔物の領域外で討たれた魔獣の持つ種は芽吹けたとしても育つことはない」

エスティは腕を組み、口をへの字にした。

「え、なんでゼロ？　魔獣は魔素を求めて走るんでしょ？　他の魔物の領域を目指して。途中で何匹かは人間とかとぶつかって戦いになるかもしれないけど……リリィ、『夕闇谷』から一番近い魔物の領域ってどこ？」

オイラの問いに、リリィは迷いなく答えた。

「『夕闇谷』から至近の魔物の領域は、『竜の棲む山脈』。南に180キロメートル」

「魔獣なら、走りきれる距離じゃない？」

「確かに、180キロ如き、大抵の魔獣ならば走破出来るであろう。じゃが」

エスティはそこで、手にした扇子で蟻の行列の横の庭石を、カッカッと叩いた。その途端、蟻はパニックになったように列を乱し、庭石へとわらわらと近づいた。

「魔獣は恐慌状態。理性など残ってはおらぬ。残っていたとして、どの魔獣が180キロも先の魔物の領域の正しい位置を知るというのだ？　最初に走り出した一匹の後を全ての魔獣が追いかける。最初の一匹が至近の魔物の領域方面へとまっすぐ向かう確率は……はて、どれほどのものか」

ん？

「え、ちょっと待ってエスティ。最初の一匹に付いて全ての魔獣が走り出すの？　四方八方へ行くんじゃなくて？」

改めて問うと、少し自信がなかったのか、エスティはチラッとセバスチャンさんのほうを見て、それから「うむ」と頷いた。そこにルル婆が補足してくれる。

「ノアしゃん、スタンピードの魔獣というのは、とんでもない大群なんじゃ。たとえ『夕闇谷』に数万の魔獣がいたところで、それが四方に散らばっていくだけならば、多少腕に覚えのある冒険者なら、各々の地で各個撃破出来るじゃろう」

ルル婆の言葉に、ララ婆が頷きながら続ける。

「そうだね。だけど、数千数万数十万が群れとなって動くものは、それがたとえ魔獣ではない単なるイナゴの群れだったとしても、個では立ち向かえない大災害となるんだよ。土石流や雪崩《なだれ》、津波と似たようなものなんだ。いくら吹き飛ばしても薙ぎ払っても、後から後から押し寄せる濁流《だくりゅう》に結局は押し潰しゃれる。たとえSランク――あたしゃらが数人いたとしても、阻むことは不可能だ」

リリィも言葉を重ねる。

「スタンピードは、始まってみなければ群れがどこへ向かうのか誰にも分からない。ノアの言うように、魔獣の体力なら100キロ、200キロは走る。その範囲にいる全ての人間を避難させるのはとても難しい。スタンピードと聞いて、オーツ共和国のレミングの獣人が自国と連絡を取ってるみたいだけど、無理っぽい」

言われてオイラは、今まで全く存在を感じなかったラッドさんを見やった。

彼は縁側の端で、ボサボサの頭をさらにかき回し、目の下の隈をさらに黒くして、耳に大きな黒い魔道具を当て、何かを必死に書き殴っていた。

「じゃあさ――……エスティ。オイラがその最初の一匹になったらどうかな」

04　導く者

「は？」

エスティが、「何を言っているんだお前は？」といった顔でオイラを見下ろす。

「いやだから、オイラが先頭を走ったら、『竜の棲む山脈』のほうに魔獣を引っ張って行けないかなって」

「何を言いおる？　おぬしは人間であろう？　魔獣より魔素が薄い。魔獣は魔素を求めているゆえ、ヒトでは先導できぬ。たとえ『その瞬間』その場から最初に走り出したとして、魔獣たちが続くとは思えぬ」

婆ちゃんたちも、眉を寄せながらエスティへ同意するように頷く。

「それに関してはね、いいこと思いついたんだよ！　オイラが、最後のトレントの実を全部採り尽くして逃げるんだよ。トレントの実は人間が持つと魔素を垂れ流すんでしょ？　そしたら『本当の最初の一匹』も怒って追いかけて来てくれると思わない？　それに続いて、全部の魔獣がどどどーっと」

身振《みぶ》り手振《てぶ》り交えて説明するオイラを、エスティが真ん丸に目を見開いてポカンと見つめる。

その背後で、セバスチャンさんまでもが口を開けたまま目を瞬《しばたた》いていた。なんだか滅多に見ない顔だ。

「正気か？　ノア？　何のために？　滅ぼされるかもしれぬ、人の街を救うためか？　見ず知らずの人間などのために、己が命を捨てるのか？」

なんだか不機嫌《ふきげん》なエスティに、オイラはニカッと笑って答えた。

「だって『夕闇谷』には魔水晶があるんでしょ？　鉱物なら鍛冶に使えるかもしれないし、オーツ共和国ってとこが取り締まって入れなくなる前に拾えないかなー、と思って。それに、オイラも普段回復の柿にはお世話になってるし、トレントに恩返しと……ついでに、普通なら絶対食べられないだろう、エルダートレントの実ってのを食べてみたいなと思って！」

かくっ、となぜか婆ちゃんたちがずっこけた。

『夕闇谷』から魔獣がいなくなって、オーツ共和国ってのが『夕闇谷』の本格的な調査を始めたら、オイラが気軽に魔水晶を拾いに行くとか出来なくなる。というか、オーツ共和国方面に行く転移の魔法陣を知らないから、中々気軽には行けないだろうし。

つまり拾いに行くなら今しかないわけで、ついでに美味しいものが食べられて、誰かも助けられるなら一石三鳥だ。

「希少で高価な魔水晶を鍛冶に使うとか、普通思いつかない」

とかリリィがぼそっと言っているけど置いておく。

「おぬしというヤツは……」

「あ、それともエルダートレントの実って渋い？　柿の授粉樹の実は当たり外れが大きい、ってさっきマリル兄ちゃんが言ってたけど。回復の柿は傷むのが早いから、干し柿には出来ないよねぇ」

呆《あき》れたような眼差《まなざ》しだったエスティが、今度はクツクツと笑い出した。

「そうよな、おぬしはそういうヤツであった。我の大事なノアが見も知らぬ人間なぞを助けるため、死地へ赴《おもむ》くというなら邪魔してくれようと思うたが……自身の欲しいものと食べたいもののためというならば、仕方もない。安心せい、エルダートレントの実は確かに当たり外れは大きいが、当たればあらゆる実の中で最も旨い」

エスティが、ふんわりとオイラを抱きしめた。オイラの頭の上にたわわな胸が乗っかり、温かな何かがオイラの体に染みこんでいく。ふと上げた指先を見ると、ほんのりと赤く輝き、すっと消えた。

「火竜女王の加護じゃ、仮のものじゃがな。『夕闇谷』のエルダートレントには、我の印を持つ者が、トレントの種を新たな地に運ぶため訪れるゆえ、抵抗せずに実を渡すよう伝えておこう。ついでに『竜の棲む山脈』や『無限の荒野』の皆にも話を通しておく」

「えっ、あり……がと。すっごい助かる。でも、抵抗!?　トレントって抵抗するの？」

「鬼栗とて鬼アザミとて、実を採られようとすれば抵抗するであろう？　トレントも魔獣じゃ。登ってきた人間を払い落とすくらいはする」

「ちょ、ちょっとお待ちよ！　何を行く流れで話をまとめようとしてるんでしゅか！　いくらノアしゃんとはいえ、全力疾走《しっそう》する魔獣に追いつかれないよう、引き離さないよう、２００キロもの距離を走り抜ける？　一回でもつまずいたらアウトだよ！」

泡を飛ばして詰め寄ってきたララ婆に対して、ルル婆は沈痛《ちんつう》な表情で再びわらわらと列に戻っていく蟻を見ていた。

「確かにね、それが出来るなら人間にも魔獣にとっても一番いいじゃろう。でも……わしゃもララもリリも、おそらく『夕闇谷』では何の役にも立てない。ノアしゃん一人に、危険な役を押っつけることになっちまう」

「え？」

そもそも一人で行くつもりだったオイラは首を傾げた。

「さっきのリリを見てたじゃろう？　リリは、魔力量だけならわしゃと張る。そのリリが、わずか十数秒しか保たなかった。火竜女王の話を聞くに、『夕闇谷』では、トレントが最後の実を結ぶためにそこらじゅうの魔素をかき集め搾り取ってるんじゃよ。魔法は発動した端から吸い取られ、無意識に魔法を使って生きているリリなんぞは動くことも難しくなるかもしれない。『夕闇谷』では、わしゃらは一般人とそうは変わらん」

オイラの反応を勘違いしたのか、どんよりと無力感を噛みしめているルル婆に、ララ婆もリリィまでもが俯《うつむ》く。

ん？　ってことは、魔法を使うルル婆たちは動けなくなるけど、魔法が使えないオイラは普通に動けるってことだよね？　なら問題なくない？

オイラはルル婆の肩を笑顔で叩いた。

「大丈夫だよ、元々婆ちゃんたちに手伝ってもらおうとか考えてなかったし！」

気を取り直してもらおうと思ったのに、かえってショックだ、という愕然とした顔をされた。なんで？

「あー、でも、スキルとかは大丈夫？　『夕闇谷』に行ったらその後スキルが使えなくなるとかだったら、オイラ絶対行かない。うん」

トレントも魔獣も人も助けたいけど、鍛冶スキルがなくなるのだけは勘弁して欲しい。

そこに、ぴゅーぃぃ、と口笛が響き、ふわっ、と風が吹き抜けた。

振り向くと、リリィが首を横に振っていた。

「問題ない。魔力を吸われて魔力欠乏症になっても、魔法もスキルも復活する。そもそもスキルは魔力をほとんど消費しない。ただ、消費はしないけど、スキルを使うには魔力が必要。『夕闇谷』にいる間、効率は落ちるかも」

「ああそっか、魔法は体外の魔素を、スキルは体内の魔力を使うってさっき言ってたね」

「仕組みが違うから、魔法にも同じ効果のものが存在する。例えばジェルは戦闘時、常時発動のスキルの『身体強化』に、魔法の『身体強化』を重ねがけしてる。その場合、魔法の『身体強化』のほうは発動出来なくなる」

「ああそうか、両方使えると重ねられるんだ」

さすがは英雄王。ルル婆ララ婆には、レベルが上がっていないとからかわれていたけど、レベルの高さイコール強さじゃない。オイラには、とてもじゃないけど『身体強化』の重ねがけなんて真似は出来ない。

「スキルはスキルでも、『身体強化』や『腕力《わんりょく》』なんかのステータス底上げ系のスキルは問題ないじゃろうが、『ナイフ回収』や『パリィ』『瓦割《かわらわ》り』なんかの体の外に影響を与えるスキルは使えないもんと思っとったほうがいいじゃろうね」

「なら大丈夫だよ！　どのみちオイラ、攻撃スキルなんて持ってないし！　さすがに『夕闇谷』で『合金』とか『素材付与』なんてスキル使わないだろうし！」

自信満々に胸を張ったオイラに、なぜか婆ちゃんたちは頭を抱える。

じゃあさっそく行こうか、といつも愛用している古いリュックを取り出したオイラに、婆ちゃんたちが数歳老け込んだような顔で駄目出しした。

「ホントにオムラそっくりじゃわ、言い出したらこっちが何を言おうと聞きやしない。もう止めるのは無駄な気がしゅるからね、好きにしたらいいけど……そんなリュックに、エルダートレントの実全てを収める気かい？　無理なんじゃないかい？　しゃっきりリリの結んだ景色でチラッと見えただけじゃけど、かなり大きな木じゃったわ」

「あ、これね、見た目よりかなり物が入るから」

「は？」

「エスティとのね、『竜の棲む山脈二十四時間耐久かくれんぼ鬼ごっこ』で逃げ切った賞品の『古びたリュック』だからね。重さは変わらないけど、見た目の何倍も入るんだよ」

婆ちゃんたちが、目元をヒクヒクとさせながらエスティを見た。

「いかにも。まさか火竜の有志百頭を出し抜き、ノアが最後まで生き残るとはのぉ。あれは実に楽しい催《もよお》しであった。また来年もやろうぞ」

ニコニコなエスティがオイラを見ながらそう言うが、ララ婆がつっこみを入れる。

「いえ、そういうことではなく」

「ルールか？　鬼役は我一人。逃げる側——子のほうは火竜百頭、亜竜二十頭、ラミア五十にノア一人。範囲は『竜の棲む山脈』全域。丸一日隠れるか逃げ切れたら子の勝ち、我の用意した賞品を得る」

「……普段からどんな日常を送っているってんだい、ノアしゃん」

ララ婆が目頭を押さえて首を横に振っている。

言われなくても、あれはかなり大変だった。

丸一日留守にするわけだから、父ちゃんとリムダさんのご飯も用意しとかなきゃだというのに、言われたのは当日。しかも夏。腐《くさ》りにくいし塩分補給も出来る梅系のおむすびを沢山作って、出かけるオイラと黒モフはともかく留守番の父ちゃんたちまでおむすび三昧《ざんまい》な一日だった。

リムダさんも参加させようとするエスティを説得するのも大変だったし、オイラより先に捕まって拗《す》ねるラムダさん——リムダさんの兄を宥《なだ》めるのも大変だった。

オイラが逃げ切れたのは、偏《ひとえ》にエスティ始め火竜が犬より鼻が利かない、ってだけの話だと思うんだけど。

「あたしゃでもまだ実現出来ていない、『収納魔法』の魔道具……」

震える声に目をやると、ミミィがぶるぶると震えていた。つられてしっぽもワサワサと揺れる。

「えっ、これって魔道具だったの？」

「厳密には違う。それは木竜との交易品で、正確には竜具《りゅうぐ》という。木竜の毛が編み込んであって、竜が使えば竜のサイズに、人が使えば人のサイズに、ネズミが使えばネズミのサイズへと変わる便利なものじゃ」

「……神具」

「神具？」

エスティの言葉を受けてポツリと零すミミィに、オイラは首を傾げる。するとミミィは「魔道具の神話級ってことだよ！」とか「神が作った魔道具だ」とか「魔道具職人の究極の目標だ」とかまくし立て始めた。エスティも「興味があるならおぬしも鬼ごっこに参加するがよいぞ」とか言ったりしているけど、適当に聞き流しておく。

「そんなわけで、竜が背負えるくらいの量は入ると思うんだ。鉱石に比べれば柿ってそこまで重くないし」

「いやいやいやいや」

何でかぷるぷる首を振る婆ちゃんたちの横から、思いもかけない人物の声があがった。

「しょうがねぇなぁ、俺も行ってやるよノア」

そう言ったマリル兄ちゃんの狼耳《おおかみみみ》がピクピクと揺れた。

「「……へっ？」」

完全に想定外だったらしい婆ちゃんたちと、オイラの声がハモった。

「ノアと同じで魔法とか使えねぇし攻撃スキルもねぇし。足の速さは劣るが、スタミナならそこそこいい勝負だと思うし」

マリル兄ちゃんの言葉に、確かに……とオイラは思う。

出来ないはずはない。だってマリル兄ちゃんは、あの無敵なテリテおばさんの息子で、オイラの兄弟子なんだから。テリテおばさんの無茶ぶりに対応してきた逃げ足の速さとスタミナは一級品だ。

「ちょっと冷静におなり。ノアしゃん以上に、マリルしゃんにゃ今回の件は他人事《ひとごと》だ、何のメリットもないじゃろうよ」

泡を食ったルル婆の言葉に、マリル兄ちゃんは自信なさげに眉尻を下げつつも反論する。

「でも、ノアが得意なのは荒野で魔獣を振り切ること。『夕闇谷』ってのは、渓谷《けいこく》——森なんですよね？　森の中で、魔獣を引きつけながら走る、なんてのは、ノアよりむしろ俺の得意分野なんですよ。それに、俺もこの世で一番旨い柿、ってのに興味あるし」

「ノアしゃんならまだしも、マリルしゃんまで!?　そんなしょうもない理由で……」

天を仰いで大袈裟《おおげさ》に嘆《なげ》いて見せたルル婆だけど、多分気付いてる。本当はマリル兄ちゃんが怖くてしょうがないのに、オイラを心配して付いてきてくれるって言ってるんだって。

だってマリル兄ちゃん、体の横で握った拳が震えてる。

オイラは殊更《ことさら》明るく満面の笑みを浮かべた。

「ホント、マリル兄ちゃん!?　一緒に行ってくれるの？　正直、鉱石とか拾いに行くときも、入る量云々《うんぬん》より前に、重さで背負いきれなくなっちゃって、泣く泣く置いてくることも多くてさ……今回は魔水晶も拾ってくるつもりだし、マリル兄ちゃんが半分背負ってくれるならすっごい助かる！」

「半分!?　いや無理だろ！　お前は昔から俺のことを過大評価しすぎ……」

胸の前であわあわと両手を広げて振るマリル兄ちゃんに、オイラはニコニコと笑い返す。

過大評価って言うけど、マリル兄ちゃんこそ、自分のこと過小評価しすぎだと思う。

ボア系最上位種エルダーボアにわざと追いかけさせ、体力を使い果たして泡を吹いて倒れたのを仕留めて持って帰る、なんて真似が出来るのは、オイラの知る限りマリル兄ちゃんだけだ。確かに、オイラより今回の件には適任と言える。

「世界で一番美味しい柿、絶対食べようねっ」

オイラの言葉に、マリル兄ちゃんが苦笑いする。

マリル兄ちゃんの趣味は料理。口実にしたような言い方だったが、世界一美味しいものに興味がないはずはない。

小さい頃、将来の夢は、料理人だと言っていた。それなのに、大人になるにつれて段々と夢を口にすることはなくなっていった。いくら農家の後継《こうけい》だとはいっても、あのテリテおばさんとマーシャルおじさんが、マリル兄ちゃんが本当にやりたいことを却下して強制するとは思えないのに、自分に自信のないマリル兄ちゃんは言えずにいるのだ。

スタンピードと料理人に直接の関係はないけど、これで大仕事を成《な》し遂《と》げたマリル兄ちゃんが自信をつけられれば、勇気を振り絞ってくれた男気も無駄にはならない。はず。

「オイラは、魔獣を避けたり振り切ったりするのは慣れてるけど、魔獣を引きつけて引っ張り回すなんて出来ないよ。マリル兄ちゃんも一緒に来て教えてくれなきゃ、成功しようがなかった。頼りにしてるよ、マリル兄ちゃん」

マリル兄ちゃんが、胸に手を当ててがっくりと項垂《うなだ》れる。

「ノアのガキの頃からすり込まれた無根拠な信頼が痛ぇ……ま、しょうがねぇよな。ノアは俺の弟分だし。なんとかすらぁ」

「やっほい、マリル兄ちゃんありがとー！」

バンザーイ、と手を上げたオイラの横で、すすすっ、とセバスチャンさんが婆ちゃんたちに近づいていった。

「ところで、大賢者どの、大盗賊どの。此度《こたび》の話、『特別親しい知り合いだから』ということで、お嬢様は本来なら人が知るはずのないトレントの生態までご説明されたのです。魔物の領域から魔獣の姿が見えなくなることがスタンピードの前兆、といった程度のことならば構いませぬが、努々《ゆめゆめ》余計なことまで広めてくださいませぬよう」

「とっ、特別、親しい？」

「あたしゃたちがっ？　火竜女王のっ？」

婆ちゃんたちがひっくり返ったような声を上げた。

「何か、異論でもございますかな？」

「い、いいいいえいいえ、滅相《めっそう》もない」

「親しい親しい」

「ありがたいことでしゅ」

カクカクコクコクと頷く婆ちゃんたちに、エスティが満足げに頷く。

「なに、恩に着ることはない。のぉ、人の世の王よ。我は、この国の有り様《あよう》を買っておるのじゃ」

「へ？」

思いがけず話しかけられて、ジェルおじさんはポカリと口を開けてエスティの顔を見た。

「我らに跪《ひざまず》くでも跪かせようとするでもなく、崇《あが》めるでもなく見下すでもなく、過度に恐れ敵視することもなく、依存し利用することもなく、対等な立場として共存し干渉することもない。武器を持った竜が王都の夜空に現れても、攻撃ひとつ飛んでは来ぬ。竜が群れで棲まうと分かっておる山脈のこれほど近くに王が居を構え、国一番の都を造る」

どこか狐《きつね》につままれたようなキョトンとしているジェルおじさんを、エスティは面白そうに見やる。

「人の王よ、『獣の森』の老体を存じておるか？　竜とは人にとってこの上なく魅力的な宝の塊と聞く。その宝が、単身人の都の近くにあって、討伐の対象とされることもなく長年己《おのれ》の大切な場を守り続けられておる。そのような国は、大陸広しといえどこの国しかあるまい」

予想外に好意的な言葉に、ジェルおじさんは目を真ん丸にしてから、パチパチと瞬《しばた》いた。

「『王都防衛の魔獣感知の魔道具』じゃったか？　そのことをノアに聞いたときにはたまげたぞ？我の古き臣の一人に、戦いが元で羽を失った爺《じじい》がおる。陽気な老竜でな、羽がないなら人の世に混じり放題だと言い放って、ちょくちょく人型になっては王都の下町に飲みに行くようなお調子者じゃ。そんな爺は、一度として人の街で竜として攻撃を受けたことはないそうじゃ」

エスティは茶目《ちゃめ》っ気たっぷりに片眼をつむった。

「もしおぬしに会うたらよろしく伝えてくれと言っておったぞ。ペイジという名に覚えはないかの？」

ジェルおじさんが一瞬固まった後、ぷっと噴《ふ》き出した。

「やはり、あの旦那は火竜でしたか。道理でちっとも変わらぬはずだ。……俺の昔からの飲み仲間、ついでに冒険者の先輩《せんぱい》として、若い時分にはずいぶん世話になったお人ですよ」

そんなジェルおじさんとの会話を聞いて、オイラはエスティに初めてテイムを提案したときのことを思い出した。

あのときエスティはもう王都に入っていたのに、国の調査員が来ることも騎士団が来ることもなかった。ヒヒイロカネ鍛冶のときも、空に浮かんだエスティは王城からだってバッチリ見えたはずだけれど、王城からは何の反応もなかった。

きっとこの国は昔から、竜の存在を黙認《もくにん》してきたのだろう。

竜は天災に同じ。この国ではよく言われることだ。

ただし、竜は台風や地震とは異なり、単体ならば高ランク冒険者や騎士団が寄ってたかって戦えば倒せないこともない。だから一歩間違うと、「人に危険な生き物なら殺せばいい」という思考に陥る。さらには、「殺せば儲《もう》かる」といった考えにも。その人間の欲の行く末が、今回のスタンピードなわけで。

オイラの中では頼りないイメージの強いジェルおじさんだけれど、実はとっても名君なのかもしれない。

「我に、人を救うため魔獣を殺してやるほどの義理はない。じゃが、これまでのこの国の在り方に免じて、この国まで及ぶやも知れぬ脅威への助言くらいはしてやっても良いと思うただけのこと。恩義を感じるのならば、後で旨い菓子でも差し入れてくれ」

『夕闇谷』にいた竜というのは、ひょっとしたらエスティの知り合いだったのだろうか。

『獣の森』の老土竜《じいちゃん》に竜の酒を差し入れたエスティ。百年前のハグレ竜討伐は、ちょうどエスティが女王竜を継いだ頃。二百年を生きた女王の姿を、オイラはジッと見上げた。

エスティはどこか憮然《ぶぜん》とした表情で、ボソッと告げた。

「どうせやるならば、早いほうが良い。先ほど見えたエルダートレントの実は既にほぼ熟しておった。リミットは、おそらく――今宵《こよい》」

05　最初の一匹

「すっごい、何て言うか異様な光景だよね」

「バカ、しっ、いくらルル様の魔物避けのお守りがあるからって、普通にしゃべるんじゃねぇって」

ひそっ、と話しかけたつもりのオイラに、マリル兄ちゃんが慌てて大きな手でオイラの口を覆って黙らせる。静かにしろと言いつつも倍くらいの台詞《せりふ》が返ってきた。

目の前には、草食も肉食も大きなのも小さなのも関係なく、何万もの魔獣が一本の木を中心にただ黙って目をつむり身を寄せ合いうずくまっている。

オイラとマリル兄ちゃんの二人は、今、『夕闇谷』の最奥にいた——……

あれから、改めて『魔獣こっち来い大作戦』（オイラ命名）の概要を説明すると、ラッドさんには物凄く取り乱して止められ、有効性を理解してくれてからは物凄く心配されて何度も謝られた。

オイラとしては、謝られるよりお礼を言われた方が嬉しい……ってまぁそれはさておき。それからラッドさんは、レミングの能力とやらで本国と連絡を取ってくれたんだけど……。

何十人もの話し合いで国の方向性を決めるというオーツ共和国の上層部は膠着《こうちゃく》状態に陥って、全く機能しなくなってしまった。らしい。

「前例がない」「新しい法整備を」「国民がパニックに」「第三者機関を置いて」「検証を」「責任の所在は」そんな声が一気にわーっと行き交ったようで、ラッドさんが頭をかきむしって「そんなことより住民の避難だろーーっ！！」と叫んでいた。

結局、近隣の住民の避難をさせるのにも幾つもの手順を踏まなければいけないようで、ララ婆が「これだから共和制の国ってのは……」とかぼそっと毒づいていた。

この『魔獣こっち来い大作戦』の一番のネックは、どうやって急いで『夕闇谷』まで行くかだった。

婆ちゃんたちが乗ってきた伝書鳩には二人までしか乗れないし、さすがのルル婆も全員を長座布団に乗っけて再度オーツ共和国まで向かうのは難しい。ルル婆が珍しく浮かばずに歩いていたのも、魔力の残りが厳しかったからだそうだ。

そこに解決案を出したのは、なんとマリル兄ちゃんだった。

「女王さん、俺らをひっつかんでちょっと『夕闇谷』ってとこまで運んでよ。お礼に、新作フルコースご馳走《ちそう》するぜ？」と。

なんでも、エスティに料理の腕を気に入られたマリル兄ちゃんは、既に何度かエスティに捕まり僻地《へきち》の美食探求へと連れ出されていたらしい。

「その場ですぐ調理して食べたほうが旨いものもあるからな」——って、さりげにマリル兄ちゃん人類の中でも頭抜《ずぬ》けたことをやってると思うんだけど、自覚がない。

結果、『無限の荒野』まで出て竜体になったエスティは、片手にオイラとマリル兄ちゃん、もう片手にリリィとミミィとラッドさんを掴んで飛び立った。

でも飛び立った途端に、マリル兄ちゃんに「ちょっ、待った、母ちゃん、母ちゃんも一緒に連れてってくれ！」とか叫ばれて一端戻った。

確かにテリテおばさんがいてくれたら百人力だけど、ここでそう叫んじゃうあたりがマリル兄ちゃんのマリル兄ちゃんたる所以《ゆえん》だよなぁ、とか思いつつ。

テリテおばさんとオイラたちは同じ右手に掴まれていたので、空中で事の経緯を説明出来た。

「ではな。ノア、健闘を祈る。マリルも約束を忘れるでないぞ」

オイラたちを『夕闇谷』の縁《ふち》にポイっと放り出すと、高笑いを巻き上げつつエスティは飛び去って行った。素直に「マリルも気をつけろ」って言えばいいのに。

何が何だか分からない内に連れてこられたラッドさんとミミィはようやくぎこちなく動き出し、手を取り合って泣いていた。我に返ったミミィは、「あたしゃは来なくて良かったんじゃ⁉」とか今更気付いていたけど、後の祭りだ。

そこに、伝書鳩に乗ってきたルル婆ララ婆が追いついてきた。

「いいかい、『夕闇谷』から『竜の棲む山脈』まで、直線で１８０キロ。ただ——今回は、至近の『竜の棲む山脈』ではなく、少し回り込んで『無限の荒野』を目指してもらう」

ルル婆の言葉に、オイラは首を傾げる。

「なんで？　『竜の棲む山脈』のほうが近いんでしょ？　遠くなるとそれだけ難易度も上がるだろうし」

「いいかい、ノアしゃん。ここ『夕闇谷』の推奨《すいしょう》レベルは35以上。『無限の荒野』は40。『竜の棲む山脈』に至っては、50でも生ぬるい。確かに『竜の棲む山脈』のほうが近いにゃ近いが、おそらく『夕闇谷』の魔獣たちは、辿り着けたとしても『竜の棲む山脈』じゃあ生きられない。せっかく助ける命、少しでも生き延びられる可能性が高いほうがいいじゃろ？」

ニヤリと笑うルル婆に、なるほどと感心する。

「さすがルル婆。オイラ、魔物の領域に連れてった後のことまで考えてなかった。そっか、魔素が吸収出来るようになっても、先住の魔獣に太刀打《たちう》ち出来なかったら生活していけないもんね」

「そういうことじゃ。ただし、ノアしゃんの言うように、距離が延びる分体力的にもキツくなるじゃろう。最終判断はノアしゃんに任せるよ」

オイラはマリル兄ちゃんと顔を見合わせ、しっかりと頷く。

「『無限の荒野』で」

「よし、分かった。それじゃあ、道を説明しゅるよ」

どこからともなく取り出した巨大な地図を草っ原に広げて、ルル婆が『夕闇谷』から『無限の荒野』までを指でなぞってみせる。

一般に売られているお土産物の宿場図などではなく、縮尺もきちんとしたご禁制モノの本物の地図だ。ミミィとコットンシードを目指したとき、オイラが母ちゃんの部屋から持ち出したものよりもかなりの広範囲にわたって詳細に描かれている。

「まっすぐにこう向かうと、間には50メートル級の断崖《だんがい》に、密林、魔獣とて跳び越えるには無理のある渓谷と難所が数か所あってね。さらにマズイことに、三百人ほどの小さな集落まであるんじゃわ」

指の止まった先には、小さな文字で『シリウムの里』と書いてあった。

「こんな場所に集落ですかい？　思いっきり『竜の棲む山脈』の日陰に入って、日照量とかもかなり少ないんじゃ？　作物なんて採れるんですかね？」

　エスティにかっさらわれるようにして連れてこられたテリテおばさんが首を傾げた。

「この集落はね、もうオーツ共和国ではなくデントコーン王国国内でねぇ。王家御用達《ごようたし》の氷室《ひむろ》がある場所なんじゃわ。夏に食べる用の氷は、冬の間、水の綺麗《きれい》な高地で作って涼《すず》しい洞窟《どうくつ》に保存しとくんじゃよ。その管理をしとる者たちの集落じゃ。冬には氷作りと雪かきのために人手が要るが、今の時期は出稼ぎに出ていて女子《おんなこ》どもと老人ばっかりでね。避難させようにも時間がかかる」

　そこで、ルル婆は一端説明を打ち切ってオイラの顔をチラッと見た。

「難所にぶつかって、乗り越えられずに先行の魔獣が後続に踏み潰されたり、後続に押されて谷に落ちたりして数を減らすのは、まぁわしゃ的には願ったり叶《かな》ったりなんじゃが」

　そこまで言って、口をへの字にして顎にシワを寄せたオイラに苦笑を浮かべる。

「わざとそんな真似をさせりゃ、ノアしゃんは嫌がるじゃろうね」

「そりゃそうだよ。食べていいのは、雌と子ども以外。殺すのは食べる分だけ。だよね、テリテおばさん？」

「そうともさ。魔獣だって生き物だ、木の股《また》から勝手に産まれてくるわけじゃない。無闇《むやみ》に殺しちまったらその分だけ減っていく。命をもらう以上、最低限の相手への敬意も配慮も必要なんだよ。もっとも、畑を荒らすような輩《やから》は問答無用だけどね」

　大きく頷いて同意してくれたテリテおばさんに、ララ婆が目を瞬《しばたた》く。

「なんとまぁ、テリテしゃんの教育だったのかい」

「狩人の美学じゃね。もっとも、『無限の荒野』辺りでそんなことを言える余裕があるのはテリテしゃんくらいのものじゃろうが。まぁその辺はさておいても、断崖にぶつかった群れがふたつに割れたり分散したりしたらこの計画はおじゃんじゃ。じゃから、出来ればまずは西南西へとスタンピードを誘導し、渓谷と断崖を迂回《うかい》してこう緩やかに弧《こ》を描くように……街道や人の道はないが、ノアしゃんたちなら行けんこともないじゃろ」

地図の上をなぞる指の動きを、目に焼き付けるようにじっと見つめる。

確かに、断崖や集落が見えてから向きを変えようとしても、後から後から追い立てられる何万もの集団を思うように動かすのは不可能だろう。緩やかで大きな動きが必要になる。

「でもルル様。要望には添いたいけど、数キロならともかくこれだけの距離、まして初めての場所で地図通りに『無限の荒野』まで行くのはちょっと無理が……それに、ここから『無限の荒野』を目指すってことは、少しでも角度を間違えば……」

ごにょごにょと言葉を濁《にご》す不安げなマリル兄ちゃんに、オイラは『竜の棲む山脈』を振り返る。

普段なら良い目印になる山脈も、日が沈めば見えなくなるし――と思ってから、マリル兄ちゃんの濁した部分に気付いてしまった。

そうだ。オイラたちは、『無限の荒野』にスタンピードを誘導しようとしている。『無限の荒野』のすぐ南東にはオイラたちの家と……王都がある。

オイラのやろうとしていることは、見ず知らずの魔獣を救うなんてお題目を掲げて、その実、皆のいる王都を壊滅させかねない真似だと急に自覚し、血の気が引いた。

「大丈夫。リリが先導する。ノアは『無限の荒野』にちゃんと向かえる」

「えぇっ!?」

リリィが軽く手を上げ、オイラを安心させるようにニコリと笑った。

「『夕闇谷』には近づかない。ノアたちが来る予定の空で待ってる。リリに問題ない」

「でも、魔素不足の魔獣がわーーって走るんだよ？　リリィだって魔力を吸われちゃうかもしれないよ」

震える視線でリリィを見ると、ララ婆が間に入ってパタパタと手を横に振った。

「魔素を吸い取るなんて真似が出来るのはトレントだけだよ。トレントの縄張《なわば》り内に入らなきゃどうってことない。ここだって『夕闇谷』の境界ギリギリだけど、リリもルルも普通にしてるだろ？」

そういえば、リリィは普段から無意識に魔法を使っているから、魔力を吸い取られるような場所だと普通に行動出来なくなる、と言っていた。当たり前のようにエスティが運んでくれたけど、エスティはその辺考えてくれていたのだろうか。

「リリィ、今更だけど具合悪かったり息苦しかったりしない？」

「ん、大丈夫。それと意識して見れば、ルルさんやリリには魔物の領域の境が分かる。そこから中には近づかない」

リリィの小さくて白くて柔らかな手が、オイラの手をギュッと握った。

「大丈夫。リリは大丈夫。リリも、マリルも、母さんたちも、テリテさんもいる。ノアも大丈夫。王都にはジェルもリムダさんもいる。『父ちゃん』も大丈夫」

そこにララ婆も手を重ねた。

「リリは伝書鳩に乗せとくよ。ジェル坊も馬鹿じゃない。あっちはあっちで備えとるだろ。あたしゃとルル、テリテしゃんは念のため、その集落や他の村の防衛に当たるよ。どうせ避難は……」

そう言って目を向けられたラッドさんは、少し耳に手を当てた後、暗い顔をして首を横に振った。

「まだ上層部は、発生していないスタンピードで避難指示を出すべきかどうかで採《も》めているところです。民間に情報は一切いっていません。地方役人の独断で、魔獣が来る情報があるからと一部避難を呼びかけてはいますが……畜産《ちくさん》農家が多いので、逃げるより家畜を守って戦おうとする人が大半のようです」

「戦うったって、戦ってどうかなるもんでもなかろうに」

「地方役人の権限では、スタンピードとまでは告げられないことが痛手ですね。この辺は冒険者に魔獣討伐を頼むことも少ないので、そこそこの数の魔獣ならば、村の者総出で倒すことが習慣となっているんです」

それを聞いて、テリテおばさんは息をつく。

「ああ、まぁスタンピードって言えなきゃしょうがないか。集落に来た魔獣は駆除するよ。ノアちゃん、さっきはああ言ったが、こっちの縄張りを荒らそうってんなら掟《おきて》の対象外だ。あたしらは人間で、冒険者なんだ。慈善《じぜん》事業者でも正義の味方でもない。報酬は後で国にでも請求《せいきゅう》するとしよう。これがあたしらの仕事なんだからねぇ」

いつもの農家のおばさんではない、Sランク冒険者の顔でニヤリと笑ったテリテおばさんに、オイラは苦笑を向けた。

「テリテおばさんなら、駆除した魔獣も無駄なく美味しく使い切りそうだから、魔獣としても本望なんじゃない？　まあ、なるべく、そっちに行かないように頑張ります」

ふっ、と不敵な笑みを返してくれたテリテおばさんの差し出した拳に、オイラとマリル兄ちゃんはそろってコツンと拳を当てた。

オイラの震えは、いつの間にか止まっていた。

06　マンティコアの咆哮《ほうこう》

俺は、誇《ほこ》り高きマンティコア。名は、タヌキ。もう一度言う。名は、タヌキだ。

長年の宿敵であった、人間の坊主《ぼうず》と決着をつけるため、猫に『変化《へんげ》』して人間の街へとやってきた。

それが、なんで飼い猫になっているかって？　俺の飼い主こそが、その坊主なのだ。え？　なんで戦うはずの相手に飼われているかって？　えーっと。坊主のねこまんまは最こ……それはさておく。

最近、坊主のところに、白い小娘が来た。背中から羽根の生えている、変わった人間だ。頭の毛から、羽根まで白い。白い小娘は、俺に興味を持ったようだった。いや、違和感を持ったのかもしれない。俺の行動を監視するようになった。

え？　なんで、そんな相手になついているのかって？　えーっと。小娘はよく肉の食べ残しをくれ……それもさておく。

ある日、ミミィとかいうモフモフしっぽが坊主のうちにやってきた。

久しぶりに、あの大きなモフモフを力一杯モニモニ出来る！　と喜び勇んで駆けつけた俺は、火竜女王に鷲《わし》づかみにされた。

恐怖に心臓が縮み上がり、固まっている間に、モフモフしっぽは坊主と何か変なものを造り始め、白い水で何かを真剣に描き出した。

俺の役割は動かないこと。俺は置物、俺は置物――

マンティコアだと火竜にバレたら俺は詰む。火竜女王に解放された後も、俺は気配を殺して藁山《わらやま》の陰に隠れ、モフモフしっぽの手が空くのを待つことにした。

あの、母の乳を吸っていた頃を思い出させる、圧倒的な幸福感。

思い浮かべれば、無意識のうちに両手がモニモニと嚢を揉む。

ところが。

うっとりと夢見がちだった俺の目の前で、竜形態になった火竜女王が、モフモフしっぽをひっつかみ、飛び去って行ってしまった。

なんてことだ。俺の幸福が。

俺は、行儀《ぎょうぎ》良くモフモフしっぽの用が終わるのを待っていたというのに。

竜というのは、やっぱりろくでもない。

鼻にシワを寄せしっぽを膨らませて、空中へ向けて怒っていると、再び火竜女王が戻ってくるのが遠くに見えた。

今度こそ逃がしてなるものか。

俺は後先考えず、火竜女王の手の中にいるだろう、モフモフしっぽへと向かって駆け出した。


……いざ、冷静になってみると。

火竜女王に飛びつくとか、俺は何を考えていたんだろうか。戻れるなら、そのときに戻って、自分自身に飛び蹴《げ》りをかましてやりたい。

火竜女王に掴まれたモフモフしっぽの持ち主の着物の端に、かろうじてひっかかった爪《つめ》でプランとぶら下がりながら、俺は果てない後悔に苛《さいな》まれていた。

今までは高速ですっ飛んでいたから落とされないように必死すぎて後悔する余裕もなかったのだが、幸か不幸か、今は火竜女王は目的地を見定めるかのように空中でホバリングしている。

遥か下には、うっそうとした木々の茂《しげ》る渓谷。

ここから落ちたら、マンティコアの本性に戻っても無事でいられるかどうか。血の気が引き、鼻が乾いていく。

——ぶち。ぶち……ぶちぶち。

爪に、不吉な衝撃が伝わってくる。

爪のひっかかったモフモフしっぽの着物の繊維が、ゆっくりと千切れていく音だ。

こうなったら、火竜女王に気付かれても構うものか。

爪を立てて着物をよじ登ろうとした俺の頭上で、火竜女王の羽が大きく羽ばたく。

「うにゃぁぁあああああっっっっ」

再び高速で移動を開始した火竜女王の巻き起こす暴風に吹っ飛ばされて、たかが猫一匹の落ち行く悲鳴は誰に届くこともなかった。


……生きてた。

生きてた、生きてた、良かった。

マンティコアに戻ることも一瞬考えたが、あれほどの高度、丈夫でも重いマンティコアより、か弱くとも軽い猫の体のほうがダメージが少ないだろう、という刹那《せつな》の判断が正しかったようだ。

あちこちの木々に引っかかって出来た擦り傷はあるものの、猫の本能は空中で体をひねり、四本の足をしっかりと地面へとつけた。衝撃が四本足からしっぽへと突き抜けたが、どこも折れていない。歩み出そうとした足はフラつくものの、何とか歩けてはいる。

「……んに？」

おかしい。

着地の衝撃からかなり経ったというのに、体から何かが抜けていく。

じわりっ、と自分の中の大切なはずの何かが小さくなる。

視界に映る、体のラインがブレたような気がした。

なんだ？

猫の変化《へんげ》が、維持出来ない。

女子《おんなこ》どもの好む柔らかなか弱い猫の体に不釣り合いな筋肉が、もこりと膨らむ。

それに俺は、どこに向かっている？

こんな不自然な状況なのに、なんで歩いて……いや、走っているんだ？

もこもこと膨らむ猫の体は、端《はた》から見たらさぞ不気味だろう。

現実味もなくそんなことを考えていた俺の視界が、さっと開けた。

森のただ中に、大勢の、魔物、魔物、魔物。

そして中央にある、一本の木。まばらに実った橙色《だいだい》の果実。木の上の二人の人間。

それを見た瞬間、俺の目の前が真っ赤に塗《ぬ》り潰された。いや、塗り潰されたのは、俺の脳髄《のうずい》。これは、これは――……死に向かう、強烈な飢餓。

『ぁ……あ……あ』

本能が理解する。あれは命の実。皆の命をつなぐ唯一の希望。許してはならない。希望を独占しようとする存在を。この領域の、最強の存在として。

『ぐるぅぅぅぉぉおおおおぉぉぉぉぉっっっっっ！！！』

ぶちぶちと、猫の皮を破って現れる、マンティコアの本性。シン、とした『夕闇谷』にマンティコアの咆哮が響き渡った。

07 トレントの最期

あれからオイラとマリル兄ちゃんは、エルダートレントのもとへ辿り着いた。

魔獣に気付かれないよう、こっそりとエルダートレントの巨木へと登り、柿の実を集めていると、突然、大型獣のものらしき咆哮が響き渡る。

「お、おい、ノア、あれ……」

震えるマリル兄ちゃんの指が示すのは、どう見ても――

「マンティコアじゃねぇのか、あれ!?　Aランクの魔獣だぞ!?　なんでこんなとこに！　『夕闇谷』の主はBランクの双頭の大蛇《アンフィスバエナ》だってララ様が言ってたよな!?」

「双頭の大蛇《アンフィスバエナ》はあっちにいるの確認したけど……あー。完全に認識されちゃったねぇ」

通常は金色のはずのマンティコアの瞳《ひとみ》が、薄闇《うすやみ》に赤く輝いている。変異種か――それとも。

目をつむり黙祷《もくとう》を捧《ささ》げるようにしていた周囲の魔獣たちの目が、マンティコアを中心に波紋が広がるように見開かれていく。

赤、赤、赤、赤――……

兎《うさぎ》も、狼も、猪《いのしし》も、熊も、鹿も、蛙《かえる》や井守《イモリ》、蜘蛛《くも》までも……大きい目、小さい目、細長い目、丸い目、二つ目、四つ目、八つ目……

「ひぃっ！」

全ての目が、一斉にこちらへ向けられる。一切の感情のそぎ落とされた瞳に、徐々に灯る怒りの色。マンティコアの咆哮をきっかけに、全ての魔獣が、オイラたちに気付いたのだ。

もうこうなったら、ルル婆謹製《きんせい》の『魔物避け』があってもどうにもならない。

その数多《あまた》の赤をかき分けるように、マンティコアの巨影が膨らみ、駆け抜ける。

「マリル兄ちゃん！　あとちょっとだから急いで！」

「この状況で、全部の実を回収しきるつもりかよ!?」

「大丈夫、マンティコアなら慣れてるから！　人間数十人を無傷で取り押さえろ、とかいう無茶ぶりよりよっぽどマシ」

「俺は慣れてねぇよ⁉」

エルダーボアを単独で狩れる人間が何を言う。

さらに大急ぎで実をもぎ始めたオイラたちの足下、エルダートレントの幹からバリバリという音がして揺れ始める。

「嘘《うそ》だろ、登って来てるぞ⁉」

「そりゃマンティコアはしっぽとかはサソリだけど、体は獅子、つまり猫科だからね、木くらい登るよ」

それでも巨体に相応《ふさわ》しい重量のせいで、猫のように身軽にとはいかないのか、横枝のない部分を爪を立ててガシッガシッとよじ登っている。あれが最初の横枝に到達したら……

「ノア、俺の体重じゃ上のほうは無理だ。行けるか？」

「分かった！　って、うわっ」

横枝に前足の爪をかけたマンティコアが、筋肉を膨らませて体を持ち上げる。体を丸め、背中の筋肉がしなる。

筋肉の動きから、次に来る動作を予測せよ……と教えてくれたのはセバスチャンさんだったけど、この薄闇の中だと正直厳しい。

思わず身をかがめて枝にしがみついたオイラの頭上をマンティコアの爪がかすめ、慌てて飛び上がった足下の幹にサソリの尾が突き刺《さ》さった。

残る実は、樹上付近の、一、二……八個。

「おい、ノア、他の魔獣も登って来てる、急げ！」

マンティコアの巨体が踏み抜いた枝がバキャッと音を立てて砕け、遥か下の無数の赤い光の中へと落ちていく。重い爪撃《そうげき》や尾の薙ぎ払いに、エルダートレントの枝葉や梢が容赦なく破壊され、粉砕《ふんさい》されて落ちていく。

攻撃を避けつつ、なんとか残った細い枝を登り、最後の実へと手を伸ばす。

下のほうでマリル兄ちゃんが赤い目をしたたくさんの蜘蛛を振り払っているのが、視界の端に映った。

——ブチッ、と最後の実をもいだとき。

エルダートレントの巨木が、ゆっくりと傾《かし》いだ。ほとんど残っていなかった、黄みがかった丸い葉がハラハラと散っていく。

力尽きるように、やり尽くしたとでもいうように。

立ち枯れることすら出来ず、ミシミシと音を立てて、エルダートレントがゆっくりと横倒しになっていく。

どお、と倒れた巨木の周りには、もうもうたる土煙《つちけむり》が巻き上がった。

その土煙を突き破って、マリル兄ちゃんが西南西を目指してひた走る。と、その途中でぐりりっとヘアピンカーブを決めて戻ると、立ち止まっていたオイラの腕を掴み、ヒソヒソ声で器用に怒鳴った。

「何やってんだよ、魔獣たちに気付かれる前に一定の距離を稼がねぇと」

「いや、ちょうど魔水晶があったから」

「そんな真っ黒な炭みてぇのがか？　魔水晶ってのはもっとこう透明な」

言いかけたマリル兄ちゃんが、引きつった顔で背後を振り返った。

すぐ背後に、怒りに満ちた生臭い気配。

「どぅわぇぇぇえええっっっっ！！！」

いやぁ、火事場の馬鹿力っての？　トレントの実が重いと散々嘆いていたはずのマリル兄ちゃんが、オイラを片手にひっつかんだまま走り出した。

「マン、ティ、コア、だぁぁっっ」

オイラの足、宙に浮いてる。

オイラ、マリル兄ちゃんよりいっぱいトレント実背負ってるはずなんだけど……実はマリル兄ちゃんって、普段無意識にセーブしてるだけで、馬鹿力のほうが実力なんじゃないかな。

「ひぇえっ」

ぎゅん、と急激な横移動の後、重い音がして振り返ると、砕いた岩に前足を埋めているマンティコアが、木々の隙間《すきま》からかろうじて見えた。

マリル兄ちゃん、背後の気配だけで咄嗟に避けたわけか……オイラを抱えたまま？　凄くない？

追いかけてくる魔獣の『一番目』、マンティコアは恐慌状態だからか、あるいは『夕闇谷』の主だからなのか、オイラが知ってる『竜の棲む山脈』のマンティコアより攻撃が重く、速い。

本人は気付いていないだろうけど、マリル兄ちゃんは完璧《かんぺき》にその攻撃に対応出来ている。

木々をすり抜け、茂みを跳び越え、谷に向かって滑り降りるかのようにぎゅんぎゅん疾走していく。

それも、ちゃんとルル婆に指示された、小さな魔獣でも谷を越えられるようなポイントを目指して。

『数キロならともかく』とルル婆に言ってたけど、それってこの障害物いっぱいの森の中を、数キロなら正確にルート通りに走り抜けられるってことだよね？　やっぱりマリル兄ちゃんは凄い。

「マリル兄ちゃん、付いてきてるよ！　ちゃんと、マンティコアだけじゃなく他の魔獣も追いかけてきてる！」

「そ、りゃ、良かったなぁぁあぁあっっっ」

オイラを放すタイミングが掴めないのか、放すことを失念しているのか、大量の荷物を抱えたまま振り返ることもなくひた走るマリル兄ちゃん。そのマリル兄ちゃんとスタンピードの魔獣たちのスピードは、似たり寄ったりのようだ。

マンティコアを見たときには、他の魔獣の追従を許さず二番目以降と距離が開いて振り切っちゃうんじゃないかと心配したけど……マンティコアは大振りな攻撃を繰り返すせいで、ちょくちょくスピードが緩む。巨体が通るには障害物となる周囲の雑木や茂みを力任せに薙ぎ払って進んでいるせいでさらに遅くなる。おかげで後に続く走るだけの魔獣たちは順調に付いてこられているみたいだ。

でも……攻撃力と攻撃の速さはともかく、駆け引きのない大ぶりで単調な攻撃は『竜の棲む山脈』のマンティコアとは明らかに異なり、何ていうか知性が感じられない。エスティが言うところの「正気じゃない」影響だろうか。

「マリル兄ちゃん、降ろして。自分で走るよ」

ペシペシと腕を叩くと、マリル兄ちゃんが初めて気付いたかのようにオイラを見た。

「大丈夫か？　コケるなよ⁉　コケたら死ぬぞ⁉」

手をつないだまま、宙に浮いていた足が緩やかに下がる。まあ、止まって降ろしてもらうわけにいかないからねぇ。

「うおっと」

足がもつれそうになり、少しマリル兄ちゃんから遅れたものの、なんとか転ぶことなく足を動かし、そこを狙ってきたサソリ尾の横薙ぎを身をかがめてやり過ごす。と思ったら目前に大木が迫り、慌てて横にステップを踏んで避けた。

……が、濡れた落ち葉を踏んでズルリと滑り、もんどり打って転がった。

何回転かして木にぶつかって止まったけれど、立ち上がろうとした足下が再び滑る。

踏ん張った瞬間に、柔らかな地面が崩落し、オイラは足下の土砂や落ち葉と共に10メートルほど滑落《かつらく》した。斜めに生えた木に手を引っかけて止まると、幹によじ登る。

そのオイラの頭の上に、遅れて落ちてきた土がパラパラと降りかかった。いつもの癖《くせ》で剣を装備してたから防御補整があって助かったけど、じゃなかったら擦り傷だけではすまなかったかもしれない。

「生きてるか⁉」

声がした右上を見やると、マリル兄ちゃんがマンティコアに小さな木の実をぶつけては攻撃をかいくぐっていた。オイラが転んで滑っている間、マンティコアを引き付けてくれていたらしい。

「ありがと、ケガはないよ！」

黒モフについた埃を払いながら大きく手を振る。それを確認したマリル兄ちゃんはひとつ頷いて駆け出し、オイラの横を滑り降りながら「ついてこい」というようにちょいちょいと指先を動かした。先導してくれるってことなんだろうと、オイラは素直にその後に続く。

意図しない滑落は勘弁して欲しいけど、急斜面を避け、わざとやる分には結構楽しい。ちょっと落ち葉でお尻としっぽが濡れるけど。

……マリル兄ちゃん、さりげにマンティコアの尾を大木に食い込ませ、数秒は追ってこられないようにする、っていう足止めまでしてくれてる。攻撃をひきつけてかわし、意図的に誘導したんだろう。ほんとマリル兄ちゃんて、万能だよなぁ。

『夕闇谷』は渓谷。密林とか樹海とかいうほどじゃないけど、もちろん木も生えているし蔓もあるし草もあるし、落ち葉も積もっている。

オイラが普段出入りしている『無限の荒野』も『竜の棲む山脈』もこんなに障害物は多くない。自分は通れると思っても、後ろのリュックがつっかえたら終わりだから、マリル兄ちゃんの先導はとても助かる。

ってか、オイラを抱えてたマリル兄ちゃんは、自分より遥かに大きな体積分、瞬時に判断して逃走経路を見繕《みつくろ》ってたわけ？

自分の体が通れる幅っていうのは誰もが本能的に把握《はあく》してるけど、そこからハミ出る容積があると、途端に感覚は狂いだす。マリル兄ちゃんに運ばれている間、オイラはおろか背負ってるリュックさえも何かにぶつかった感触はなかった。自分で滑ったり走ったりしている今のほうがよっぽどあちこちに引っかけている。

「どうする、ノア？　地上のほうが障害物は多い。枝から枝に飛び移ったほうが動きやすけりゃ、そっちを行くぞ！」

「犬科は地面を走った方が確実だと思う！」

「そうだな、慣れない場所ならそっちのがいいか」

牛や馬ほどじゃないけど、犬科の獣人は関節の駆動範囲が狭い。体が硬《かた》いともいう。猫やリスの獣人なら、こんな森の中なら木の上を走った方が速いんだろうけど、オイラたちは本来木に登る種族じゃない以上、咄嗟の際の判断にまごつく。

っていうか、狼舐《な》めてたかもしれない。同じ犬科だからそんなに差はないと思ってたけど、森の中の位置把握とか安全な経路の判断とか、これはもうマリル兄ちゃん本人の実力もさることながら、狼としての能力もあると思う。森で暮らしてきた狼と、人に飼われてきた犬。

『夕闇谷』が森だってのを分かってたつもりで、分かってなかった。

オイラが行ったことのある森は、『獣の森』を筆頭に、かなりの数の冒険者や人間が出入りしている森ばっかりだった。無意識のうちに、それなりの道や獣道があるのを想定していた気がする。『夕闇谷』にも魔獣の通り道くらいはあるのかもしれないけど、今回は特定の方向に魔獣を誘導するのが目的。獣道に沿って走るわけにはいかないし、刃物で藪《やぶ》や茂みを切り開いている時間もない。

マリル兄ちゃんが心配して付いてきてくれて本当良かった。オイラ一人だったら森を抜けられたかも怪しい。

「よし、大体この辺だな」

マリル兄ちゃんが足を止めたのは、切り立った崖に囲まれた渓谷の中でも、比較的なだらかな斜面から続く場所だった。水量も流れも結構あるけれど、足場になる岩も多いし、大抵の魔獣なら水に飛び込まなくても渡れるだろう。

マリル兄ちゃんの耳が忙《せわ》しなく動く。

「ここを渡ったら一端休憩にしようぜ」

「えっ、そんなんしてて大丈夫なの？」

渓谷の風は川に沿って吹く。鼻に意識を集中してみても、ここからでは、後ろにいるマンティコアのニオイは分からない。

でも、遠くからゴゴゴゴという地響きをかすかに足裏に感じる。耳の後ろの毛がザワザワする。物凄くいっぱいの魔獣が追いかけてきてる。確実に。

「振り切っちまったら元も子もねぇだろ？　水飲んで、せっかくだから回復の柿も何個か食おう。魔素を垂れ流してるらしいから、ほっといてもこっちに来るとは思うが……このあたり、ここ以外は落ちたら魔獣でもヤバい断崖だ。一回リュック開けて、匂いで誘引《ゆういん》しといたほうがいいと思うんだ」

「なるほど」

言いながらもマリル兄ちゃんの耳はぴくぴくと動き、警戒を怠らない。軽く胃を押さえているから、怖くないわけでもないんだろう。

オイラとマリル兄ちゃんは川を渡ってから、交代で辺りを警戒しながら水を飲み、竹筒《たけづつ》の水筒にも水を補給した。ついでに、手ぬぐいを濡らして首を冷やし、マリル兄ちゃんがくれた梅干しも翳る。

　王都より涼しいとはいえ、熱中症には要注意だ。視界は悪いけど、日が陰《かげ》っている時間で助かった。湿度も高いし、昼日中だったら余計に体力を消耗していただろう。

　リュックの雨蓋《あまぶた》を開けると、もわっ、と少し傷んだニオイがする。

「あー、これ、下のほうは潰れちゃったかな」

「完熟だからなぁ」

　柔らかそうな実をまとめて百個近くぽいぽいと周りに放り出すと、マリル兄ちゃんは鳩が豆鉄砲を食らったような顔をした。

「おい、いいのか？　魔物の領域まで運ぶんだろ？　そのために無茶してるんじゃないのか？」

「柔らかいってことは魔素をいっぱい出してるってことだから、魔獣を引き寄せるのにちょうどいいかと思って。それに、本当に魔素不足で厳しい魔獣はこれを食べて一息つけるだろうし……まぁ、最初に来た強いのに全部食べられちゃうかもだけど。結局、その魔獣が魔物の領域に辿り着けば、種は運ばれるわけじゃん？」

「なるほど、それなら、定期的――いや、ポイントポイントに回復の柿を置いてってもいいかもな」

　話しながら、自分好みの柿をそれぞれ選び、かぶりつく。

「うっま、うわ、マジうっま」

「ホントにすっごい美味しい！」

柿の実のお尻に黒い渦巻きは甘い、の法則はトレントの実も共通だったらしい。マリル兄ちゃんもオイラも、見事に「アンコ」と呼ばれる黒い筋のいっぱい入った当たりを引き当てた。

噛むたびに、じゅわりじゅわりと自分の中の体力が回復していく。

「来て良かったねぇ」

「命かける甲斐《かい》があるよな」

満足げに笑うマリル兄ちゃんに、今言わなきゃ、とオイラは向き直る。

「ありがとう、マリル兄ちゃん。マリル兄ちゃんが来てくれなかったら、オイラだけじゃにっちもさっちもいかなかったよ」

「何言ってんだよ、俺は柿が食いたかったから来ただけで、礼を言われるほどのことは――っ！」

マリル兄ちゃんの耳がピンと立ち、くいくいっ、と川向こうへと向いた。

「行くぞ、ノア！」

次の瞬間、ドゴォ！　と川向こうで数本の木が吹っ飛び、細かな石の並ぶ河原で小石を巻き上げながらバウンドすると、水面へと突き立った。

それが流れに押されて横倒しになる頃には、オイラたちは雨蓋を閉じ、リュックを背負い終わって地面を蹴っていた。ちなみに自分が食べた柿の種はきっちり前掛けのポケットにしまっている。

森から現れたマンティコアのサソリ尾がイラついたように河原を薙ぎ、石の礫《つぶて》があられのように降り注いだ。

『ぐるぉおおおっっっ』

ここからは登り。オイラにとっては、下り坂よりも動きやすい。今までよりは足手まといにならないはずだ。

「川から10キロも行くと『夕闇谷』を抜ける！　そこからは木もまばらになるはずだ」

頭の中にルル婆の地図を思い浮かべつつ、オイラは頷く。

辺りはどんどん暗くなるし、森を抜けるのはとても助かる。障害物がなくなれば、マンティコアのスピードも上がるだろうし、今はよく見えないけど、後ろに続く群れも視認出来るかもしれない。

背後に迫る無数の赤い目を想像して、オイラはちょっとだけしっぽの毛がけば立った。

08　緑の灯台

「あ？　ありゃなんだ？」

『夕闇谷』を抜ける頃には、辺りはすっかり暗くなっていた。目には見えないものの、後ろからはマンティコアがベキベキと力任せに木々を薙ぎ払ったり、何かに八つ当たりでもしてそうな音が響き、山津波《やまつなみ》でも起こりそうな地響きが足裏に伝わってくる。

今までは星も見えないほどうっそうとした木々に覆われていた視界が開け、空には明らかに星でも月でもない淡い緑色の光が揺れていた。

「蛍《ほたる》？　……違う、リリィだあれ！　先導するって言ってたやつだよきっと！」

「そりゃ助かる。空からなら、俺らが視認出来てねぇスタンピードの本隊も見えてるだろ」

蛍とリリィの大きさはだいぶ違うけれど、かなりの上空にいるらしいリリィの光は舞い上がった蛍に似ている。

マリル兄ちゃんが懐から取り出した火打石《ひうちいし》をカッカッと何度か打ち合わせた。

「そんなの持ってたんだ」

「コレがなけりゃ料理ひとつ出来ねぇからな。常に持ってるんだ。今のでこっちに気付いてくれりゃいいが……まぁ、後ろの団体さんは目立つ。そのすぐ前に俺らがいるってのは分かってるはずだ」

そんなことを話していると、上空の緑色の光が、ゆっくりと丸を描くように動いた。

「あ、気付いたみたい」

「じゃあ、あれを目印に進むぞ。この先、左前方に40キロくらい行くと100メートル級の切り立った岩壁があるはずだ。そこに直角にスタンピードがぶつかっちまったら、後から来る魔獣に押され、身動き出来ねぇまま先頭集団は潰されちまうだろう。緩やかに迂回させるように……」

するると突然、ぶぉん、と重いものが空気を切る音がして、オイラとマリル兄ちゃんは慌てて左右に散った。その間を、藪を薙ぎ払いながら大木が横向きに通過する。

その後も次々に木や岩がすっ飛んでくるのを、風の音を頼りに身をかがめ、あるいは転がるようにしてやり過ごす。

ふはーっ、へはーっ、と聞こえるのはマンティコアの呼吸だろうか。

障害物を薙ぎ払いながら追ってきたマンティコアは、他の魔獣より消耗が激しいのだろう。

オイラはリュックの横腹のボタンを開け、中からトレントの実が零れ落ちるに任せたまま、リリィの飛んでいる方角を目指して走り始めた。

マリル兄ちゃんとは一回はぐれちゃったけれど、おそらくマリル兄ちゃんもあの光を頼りに移動しているはず。木々や茂みが少なくなったおかげで、朧月夜《おぼろづきよ》のぼんやりした明かりの下、オイラだけでも何とか走れる。

ぞわっ、としっぽの付け根の毛が逆立った。

蹴り足に意識を集中して、ぎゅんっとスピードを上げたオイラのすぐ後ろに、べきべき、どぉんっと重い音を立てて何かが着地した。

何かって、そりゃマンティコアしかいない。飛びかかってきたところを、スピードを上げたことで間一髪《かんいっぱつ》避けられたらしい。

幸い、マリル兄ちゃんにサポートされつつかなりの距離森を走ってきたおかげで、オイラも森に慣れてきた。さっきよりは木の密度も減っているし、自分の体をすり抜けさせられる「道」が夜目にも見える。

マンティコアの攻撃を避けながら走るなら、さっきみたいに落ち葉ですっ転んだり下草に足が絡《から》まったりしたら命取りだ。柔らかな地面に足をとられている余裕もない。

木の幹を蹴り、地面に張り出した木の根に着地する。マンティコアのサソリ尾を避けて飛び上がり、逆さまに頭上の枝を蹴り、再び木の根、さらに岩を駆け上がる。マンティコアの爪がえぐった岩の破片を背中のリュックに浴びながら、横っ飛びに大木の幹に手を付き、迫っていたサソリ尾を全身をバネにして両方の足底で蹴っ飛ばした。

マンティコアのサソリの針には毒がある。でも刺さらなければ毒は回らないので、針の横っ面を蹴とばしても問題はない。

蹴った瞬間、マンティコアの体表に無数の点のような赤い目がちりばめられて――蜘蛛が折り重なって乗っているのに気付き、ちょっと鳥肌が立った。

蹴られた尾の遠心力でたたらを踏んだマンティコアを引き離すように、木の根を選んで飛び移り、疾走する。

頭に被っていた岩の破片が、髪から飛ばされ後ろへと零れていく。

正直、追いかけられるのは想定内だけど、ここまで攻撃されるだろうってのは考えていなかった。

さっきの様子から察するに、マンティコアは途中途中に置いてきたトレントの実も一顧《いっこ》だにせず、オイラたちを追いかけてきている。

もちろんオイラたちがトレントの実を盗って逃げてるからだとは分かっているけど、理性とか飛んでるはずだし――……ひょっとして、あのマンティコアは、『夕闇谷』の主として、他の魔獣のためにトレントの実を奪い返そうとしている？

視界の端、上空で、緑の光が何か主張するように揺れた。

「うわ、攻撃避けるのに集中して、結構ズレちゃってる」

リリィの先導よりだいぶ左寄りだ。このままいったら崖に激突する。とはいっても、急角度で曲がるわけにはいかないから、緩やかなカーブを心掛けて進路を戻す。

木もポツポツと生えているだけになって地面も硬くなり走りやすくなってきた。

ちょっと余裕が出てきて、後ろはどうなってるかな？　と振り返ってみて……物凄く後悔した。

見なきゃ良かった、見なきゃ良かった、見なきゃ良かった。

一面に絵の具を飛ばしたように広がる、無数の赤、赤、赤、赤。その中央で爛々《らんらん》と光る、ひと際大きな一対の瞳。

あれが、全部、オイラを追っている。

ちゃんと付いてきている、という安心よりも本能的な恐怖が勝《まさ》る。

しっぽが丸まってしまったら走りにくい。『大丈夫、大丈夫。オイラなら逃げ切れる』と必死に自分自身に言い聞かせても、頭の中が真っ白になった。

婆ちゃんたちが、スタンピードは山津波や雪崩と同じ自然災害に匹敵する、と言っていた意味がようやく実感出来た。こちらの意思など全く介在しない。体の芯《しん》が冷える。

逃げなきゃ、逃げなきゃ、逃げなきゃ。

しっぽが邪魔だ、リュックが邪魔だ、腰に差した剣も邪魔だ。息が苦しい。

パニックになりかけたオイラの肩を、誰かがバシンと叩いた。

「……へぁっ？」

その誰か――マリル兄ちゃんは、オイラと同じスピードで走りながらいつもの口調で言った。

「どうしたんだ、ノア？　そんな泣きべそかいて」

「だ、だって後ろ……」

「ああ、まだみんな生きてる。渓谷も森も抜けられたみたいだ、良かったな」

いつも通りなマリル兄ちゃんを見て、急に呼吸が楽になった気がした。もちろん走っている息苦しさはあるけれど、薄くなっていた体の周りの空気が戻ってきたような。

「すげぇなぁ、ノア。あれが全部、お前が助けたい命なんだろ？　俺だったら知らんぷりして逃げてたとこだ」

「凄くないよ。今、オイラ、助けることより、逃げることばっか考えてた」

「他人の命より、自分の命が大事なのは当たり前だ。自分の命がかかってるときに怖くて逃げたくなるのも皆同じだ。で、お前はどうするんだ？　後ろの魔獣は崖にでも激突させて、生き残って散り散りになった魔獣は母ちゃんやルル様たちに任せて、しっぽ丸めて逃げようってか？　ま、俺は

そのほうが助かるけど」

オイラは走りながら、もう一度恐る恐る後ろを振り返った。地上に散らばった天の川のようなそれは、先頭のマンティコアまで３００メートルというところだろうか。一回でも転んだら、すぐに追いつかれる距離だ。

次いで、空にゆらゆらと揺れる緑色の光に目をやり、それからマリル兄ちゃんを見る。

茶化したような口調とは裏腹に、月明かりの中でもはっきりと分かる顔色の悪さ。滝のように汗が流れ、呼吸だってオイラより荒い。額に巻いた手ぬぐいは汗が目に入るのを防ぐためだろう。

マリル兄ちゃんだって怖くないはずはない。それでもオイラのためにいつもの調子でいてくれてるんだ——と一回考えてから、オイラは愕然とした。

そうじゃない。

いや、怖いのも怖いのかもしれないけど。さっきの森の中、マリル兄ちゃんは足手まといなオイラをフォローしてかなり余計な体力を使っていた。マリル兄ちゃんのレベルやスキルを詳しくは知らないけど、オイラより低いのかもしれない。マリル兄ちゃんは万能、何でも出来る、って思い込みがあるから気付かなかった。

限界なんだ、きっと。

確かに犬科はスタミナがあるけど、神経をすり減らすようなこの状況で、いつも通りの長時間、いつも通りに動けるはずがない。

オイラが来るって言わなきゃ、こんなとこにいるはずのなかったマリル兄ちゃん。

マリル兄ちゃんが力尽き、後ろから来る無数の赤に呑み込まれる様《さま》が脳裏《のうり》に浮かんで血の気が引いた。

オイラが怖いとか言ってる場合じゃない。オイラが、何とかしなくちゃ。

左側に迫る絶壁。

スタンピードの群れは、緩やかな曲線を描き、ギリギリその壁の縁に沿うように進むコースをとっている。

絶壁に差し掛かったとき、遥かな頭上から幾つもの落石が転がってきた。

「マリル兄ちゃん、上！」

そうオイラは声を上げるが、マリル兄ちゃんの動きは鈍い。やっぱり、疲れが足に来てる。

「っ！」

オイラは崖を駆け上がり、マリル兄ちゃんの頭上に迫った頭ほどの石を蹴飛ばし、振り回したリュックで拳大の石塊を弾き飛ばす。

頭上から落下中の牛ほどの岩は――蹴っても自分のほうが弾かれそうなので、マリル兄ちゃんのほうをひっつかんで投げ飛ばした。

遅れて、ズシンと腹に響く衝撃が抜ける。

「ノッ、ノア⁉」

そのまま放り投げたマリル兄ちゃんの落下地点に回り込み、リュックでキャッチする。オイラのリュックに跨《また》がる形になったマリル兄ちゃんが、抗議の声を上げた。

「助かったけど、俺なんて担いでたら追いつかれちまうぞ!?」

「そんなこと言って、マリル兄ちゃん、もう足が怪しいでしょ？　さっきはだいぶ助けてもらったし、今度はオイラが助ける番だって。ちょっと休んでて」

言いながら走る内にも、ガラガラとひっきりなしに大小の石が落ちてくる。

「うわっ、ノア、右にでっかい石！　いや左！」

「分かってるって、多分」

「多分!?　一万以上の魔獣が走ってるんだ、地震が続いてるようなもんだから、落石も続くぞ!?」

とにかく、リュックの上のマリル兄ちゃんに石が当たらないようにしなきゃ。

目で見回してたんじゃ間に合わない。かすかな岩の崩れ出す音、石の転がり落ちる音、石が岩壁にぶつかる音。走りながらそれを聞き分けろってんだから無茶も過ぎると思うけど、マリル兄ちゃんはやっているのだ。オイラにだって出来る。

これ以上ないってくらい集中して岩壁地帯を走り抜けたとき、オイラもマリル兄ちゃんも砂埃で頭から真っ白になっていたけど、大きなケガはどこにもなかった。お互いにブルブルと頭を振るわせて砂埃を振り払う。

「なぁ、空に光がなくないか？」

「へっ？」

言われて初めて、リリィの緑の光が上空からなくなっていることに気付いた。慌てて首を巡らすと、遠く、地上に緑の光が降りている。

「どうしたんだろ、伝書鳩に何かあったのかな」

「行った方がいいのか？　俺らが近づいたらスタンピードを連れてっちまうぞ」

逡巡《しゅんじゅん》したのもわずかな時間だった。地上に降りた光が、小さな○を描いている。行っちゃダメなら、きっと×にするはず。

何があったにせよ多少は時間に猶予《ゆうよ》があったほうがいいだろうと、オイラは最速で光のもとへと向かった。

09　ミミィの存在感

「なっ、なにこれ!?」

リリィと伝書鳩が待っているだろうと向かった先にいたのは、ミミィと変な機械だった。

大八車《だいはちぐるま》のものを太くしたような車輪が前にひとつ、後ろにふたつ付いていて、さらに後ろの車輪と車輪の真ん中には、なぜかルル婆の魔法の杖が刺さっている。

「はは、ビックリしたかい⁉」

「ビックリっていうか、なんでミミィがここにいるの⁉　危ないよ、もうすぐここには魔獣たちが津波みたいに押し寄せるんだから」

「せっかくここまで連れてこられたんだ、このまま帰ったんじゃクヌギ屋の名が廃《すた》る。ちょうど収納魔法に、ヤイチと作った試作品を入れっぱなしにしてたもんでね、役に立つんじゃないかとここに降ろしてもらったんだ」

「って、じゃあこれ魔道具？」

「くくくっ、聞いて驚け、馬の代わりになる魔道具だよ！　ヤイチが子どもの頃にいったん図面を引いたらしいんだけどね、ワイバーンの骨だと当然ながら魔力伝導率が低すぎて実現しなかったんだそうだ。ノアちゃんから竜の骨がたんと手に入ったからね、義肢の息抜きに二人で作ってみたんだよ。本当にアイツときたら天才さ。上層三ノ五から中層二ノ八につながる繊細な魔力回路が、職人の腕の見せどころでね」

「ちょっ、ちょっと待って！」

放っておくと延々と続きそうな回路の説明を、オイラはぶった切る。

「馬の代わり⁉　ってことは、乗って動くの⁉　走るの⁉」

「そうさ。さすがのノアちゃんでも、それだけの荷を背負って走り通しは疲れるだろ？　少しは楽が出来るんじゃないかと思ってさ。魔道具は魔道具だけど、動力はルル母さんの魔水晶の杖をぶんどってきたからね、ノアちゃんたちの負担はないはずだよ。右の取っ手を前向きに回すと前進、取っ手の前にあるレバーが前輪のブレーキ、右の足置きの前にあるペダルが後輪のブレーキだ」

「ブレーキって何？」

「減速するってことだよ。馬と違って魔道具自体が道の状態を判断したりはしないからね、それで操っとくれ！」

「うわ、ミミィ、すっごい助かる！　有り難う、大好き！」

諸手を挙げて喜んだ瞬間、頭上から羽音が近づき、ごうっという暴風と共にミミィの帯を黒い何かが掴みあげ、体が舞い上がった。

「ミミ、タイムオーバー」

風の合間にリリィの声が聞こえた気がした。

ってことは、今のが噂の伝書鳩？

なんかすっごい見覚えあったんだけど……もしかしなくても、あれ、ワイバーンじゃないかな。鳥ですらないし。

「礼は竜の骨でいいからねーーーーっっっっ」

ミミィの声が段々と遠ざかっていく。うん、ブレないよね。ただじゃ転ばない……とはちょっと違うけど、利益は見逃さないっていうか。

「ノア、呆《ほう》けてる場合じゃねぇぞ！」

バンバンとリュックを叩くマリル兄ちゃんの声に我に返る。慌てて振り返ると、さっき稼いだはずの距離はあっという間に縮まり、残距離、５００メートル、４００、３００……

「やばっ！」

急いで魔道具車？　魔道車？　魔道三輪車？　に跨がり、両手でミミィの言っていた取っ手を握る。教わった構造を確認するわずかな間にも、距離はぐんぐん縮んでいく。

「ノアっ、俺も降りるから走ったほうが……！」

「これかっ！」

右の取っ手をグイッと回すと、魔力回路に沿って仄かな淡い紫の光の筋が、魔道三輪車全体に広がった。

「追いつかれるぞっ！」

光が三輪車全体に広がりきった——と思った瞬間、後輪が回転し、物凄い勢いで前に進んだ。

その直後にドゴォという多分マンティコアの攻撃の音が追ってきたから、ホントにギリギリだったようだ。

「うわぁぁあ、落ちるっ、落ちる！」

バランスの関係なのか、前輪が持ち上がりひっくり返りそうになりながらも、後ろに刺さったルル婆の杖が地面に当たり、何とかバク転するのを防いでくれている。

「火花散ってるよ！　ヤバイ、杖壊したらルル婆に怒られる！」

考えてみたら、オイラの体重より背負っているリュックのほうが遥かに重い。

ましてこの魔道三輪車は後輪が動いて前輪を押す仕組みのようだから、スピードを出せば出すほど前が浮き上がりやすいのはしょうがないだろう。

「マリル兄ちゃん、前に移動出来る⁉　これじゃろくに前も見えない！　一回地面に前の車輪が付けば、多分何とかなると思うんだ」

「とりあえず右に避けろ！」

「前輪が地面に付かなきゃ方向変えられないよ！」

どったんばったんと騒ぎながらも、二人とも体重を右にかけて何とか大岩を避け、次にあった大木を今度は左に避ける。

直後、地面がなくなった。

「ひぇぇっっっ」

実はわずかな、オイラの身長ほどもない段差で、自分の足で走っていたら何でもなく飛び降りる……どころか気にもしない落差だ。

なのに魔道三輪車に乗っているというだけで、肝が冷え体が固まった。

バインッ、と地面についた後ろの車輪がバウンドし、やっぱり固まっていたらしいマリル兄ちゃんが前方の空中に吹っ飛んだ。

幸い、吹っ飛んだ方向は三輪車の進行方向。落ちてきたマリル兄ちゃんは体をひねり、うまいことオイラと向かい合うように、前輪を跨ぐ形で三輪車へと着地した。

その衝撃で、今まで浮き上がっていた前輪が、ガンッと地面に押しつけられる。

「やった、さすがはマリル兄ちゃん！」

「役に立てて嬉しいよ。も一回やれって言われても出来ねぇけどなぁぁぁ」

回転する前輪に座るわけにもいかず、マリル兄ちゃんは半ば取っ手にぶら下がるようにして斜めに立っている。

「ちゃんと操作出来るようになったよ！」

「俺が重し代わりってわけか」

喜んだオイラとは対照的にマリル兄ちゃんは不満げだ。確かにマリル兄ちゃんがそこに立ち続けるのは大変だろう。オイラも前が見づらいし。

「少しリュックのバランスを調整すれば、マリル兄ちゃんがそこにいなくても浮かないとは思うんだけど」

「そうだな……よし、ノア。もうちょっとこっち来い」

「それだと今度は後ろが浮かない？」

言われるままに体をずらすと、マリル兄ちゃんは捕まっていた手を支点にひょいと体を持ち上げ、倒立から倒れるように体をひねり、ストンとオイラの後ろに収まった。

「これで、前から、軽いノア、重いリュック、それなりの俺とリュック。安定しただろ」

「ほんとだ。さっすが！　ちゃんと乗れると面白いねコレ！」

「後ろから追われてなけりゃ面白いかもな！」

何よりコレなら、限界が近かっただろうマリル兄ちゃんの負担がグンと減る。

マリル兄ちゃんが、目の前にあるオイラのリュックの横腹の開きっぱなしになっていたボタンを留め、上から手を突っ込んで柿を掴み出す。

「今のうちにお前も食っとけ」

器用にヘタを取り、切り分けてくれたトレントの実を口に放り込まれ、咀嚼《そしゃく》するたび、すり減っていた力が体中にみなぎっていく。でも渋い。えぐい。

「マリル兄ちゃん、コレ渋い！」

「こう暗くちゃ見分けなんてつかねぇんだ、我慢しろ。何個か食って、旨いので止めときゃ問題ないだろ」

「そんな大雑把《おおざっぱ》な」

結局、一口齧っては渋い実は後ろに投げ、甘い実はそのまま完食する方式に変えた。

「これだけの勢いだ、零れるに任せて実を落としても、魔獣だっていちいち止まって食ってなんかいたら後続に踏み潰されちまうだろ。投げられたほうが向こうだって食いやすい」

「渋いのは魔獣行き、って何かひどくない？」

「渋柿だって鳥に食われないこたぁねぇだろ？　きっと人と魔獣は味覚が違うんだよ」

「ほんとにぃ？」

「ああ、多分、ほんとほんと」

オイラの軽口にポンポンと答えが返ってくる。マリル兄ちゃんもトレントの実を食べてだいぶ回復してきたようだ。いつものようなやり取りに何だか笑いが込み上げてくる。魔道三輪車に乗る前の、決死の覚悟が嘘みたいだ。

後ろを追いかけてくる、一面の赤が減ったわけじゃない。追いつかれたら一巻の終わりなのも変わらない。

それでも、もうオイラに恐怖はなかった。

今、ここで杖の魔素が尽き自分の足で行かなくちゃならなくなったとしても、きっと『無限の荒野』まで走りきれる。

「いやぁっほぉぉぉっっっ！」

「うわっ、ノア、ジャンプさせるなら先に言えよっ」

上空に光る緑の灯火を目印に、オイラたちは魔道三輪車を跳ねさせながら、一路『無限の荒野』へ向けて駆け抜けた。

10　荒野のタヌキ

気が付くと、岩だらけの荒野のただ中で横たわっていた。

あちこちが、バキバキに痛い。無数の擦り傷に打撲、肋骨《ろっこつ》も何本か折れている。

けれど、全身に染み渡る、よく知った力の気配。

ああ。生き返る――……

魔素が五臓六腑《ごぞうろっぷ》へ行き渡ると、軽度な傷から癒《い》えていく。

むくり、と身を起こせば、体の上からバラバラと何かが落ちていった。

兎、狼、猪、熊、鹿、蛙や井守、無数の蜘蛛。

なんだこいつらは？　なんで俺の上に乗っていた？　しかも、全ての魔獣に意識がない。

――でも、生きている。生きている。

その事実が、なぜかとても誇らしく、嬉しかった。

そんな自分の感情に首を傾げる。本来、魔獣は別の魔獣の生死に関心はない。例外は、その魔物の領域で主といわれる最強の個体だけ。

見回すと、ここは何度も出入りしている、見知った荒野だった。

坊主が『無限の荒野』とか呼んでいる――俺は、まだこの魔物の領域で最強なんてとても名乗れない。ここの最強は、長い年月を生きた白いエルダーボアの変異種だ。

ふわり、と甘い腐臭《ふしゅう》が鼻をくすぐった。

伏した鹿の背の辺りに、崩れかけた橙色の実が転がっていた。

これを食べると体力が回復するのは、本能的に知っている。

身をかがめて口にしようとした鼻先で、ドロリと実は完全に崩れ、濃厚な力が辺りに立ち上った。

それに触れた鹿の魔獣のざっくりと切れた太腿《ふともも》の傷が、ゆっくりと塞《ふさ》がっていく。

『ぐるぅ』

良かった。

なんとはなしにそう思い、鳴く。

折り重なるように倒れ伏す魔獣たちの隙間、点々と橙色が落ちているのが見えたが、もう俺は実を食べようとは思わなかった。

ただ座り、力ある風が髭《ひげ》をなぶる心地よさに目を細めていると、ふと、いつもは灰色と茶色しかない荒野が、薄ぼんやりと緑色に見えることに気付いた。

俺が座った前足のすぐ横でも、さっき崩れたばかりのはずの実の種から、小さな緑が覗いていた。

そこかしこに、小さな双葉《ふたば》が芽吹いている。

遠く、岩山の上に、巨大な白い老猪の姿が見えた。

俺は他の魔獣や芽を潰さないようそっと立ち上がり、身を震わせた。いまだ残っていた虫の魔獣がバラバラと地上に落ち、さらにその後から、俺の体にくっついていたらしい種もパラパラと零れ落ち、土に潜《もぐ》ると緑に芽吹いた。

俺の役目はここまでだ。この数多《あまた》の魔獣の世話は、きっとあの白い主がやるだろう。

俺が立ち去った後、不毛の大地だったここは森になるのか、それともやはり小さな双葉は枯れて荒野のままなのかは分からない。それでも俺は、この景色をずっと覚えているだろうと思った。

猫に変化《へんげ》して坊主の家に帰ると、縁側にモフモフしっぽの持ち主が三人そろっていた。

今度こそモニモニ出来るかと思ったが、やっぱりまた取り込み中のようだ。クアァ、とあくびをして体を丸めると、背後から誰かに抱き上げられた。

「おやおや、十日もどこへ行っていたんです？　こんなに毛皮をボロボロにして。お師匠さんが心配してましたよ」

体がふわっ、と淡い水色に輝き、ズキズキとしていた脇腹の痛みが消えていく。数秒後には、ボサボサの毛までもがツヤツヤになった。

「ほら、これでいつも通り」

俺を抱く腕は、火竜の弟子のものだ。普段は触らせてなんかやらないが、今日はなんだか気分がいい。今日だけは撫でさせてやってもいいだろう。

それにしても十日？　俺の記憶では、モフモフしっぽの持ち主に掴まって空を移動したのはほんの数時間前のような感覚だが……荒野に転がっていた時間が思っていたより長かったのか。柿の種だって芽を出すはずだ。

「喉《のど》がゴロゴロいってる。これは癖になりますね」

ほわっ、と笑った火竜が俺を抱いたままモフモフしっぽの持ち主たちに合流した。

縁側で玄米茶をすするモフモフたちの表情は明るく、なぜか坊主の表情は冴《さ》えない。

「それでね、オーツ共和国が先に出してた調査団なんじゃけど、なんと全員生きて発見しゃれたんじゃよ」

「へぇ、生きてたならなんで戻らなかったんです？　意識がなかったとか？」

隣の狼坊主が、せっせと柿を剥いては皿に載せ、全員の前に置いている。

「それがね、調査団は魔水晶の鉱脈を探すための大規模な魔道具を持って行っててね。魔道具を使おうとした瞬間、使用者は急激に魔力を吸われて極度の魔力欠乏症。それを助けようと魔法を使ったりスキルを使ったりした連中も、芋づる式に全員魔力欠乏症で、スキルどころか身動きもろくに出来なくなっちまったらしくてね」

「発見があと二日も遅れたら、最初の連中は危なかっただろうよ」

「幸い、魔獣は全部トレントの周りに集まってたからね。魔法とスキルを封じられても、水が保つ間は生き残れてたってわけしゃ」

しゃくしゃくと柿を頬張るモフモフのほっぺたが丸々と膨らんでいる。剥いても剥いても吸い込まれていく柿に、狼坊主が目を丸くしていた。

その後ろのほうで、麦わら熊がモフモフとその弟子らしき男に話しかけている。

「あの魔道三輪車、見ましたよ！　あれを改造して、こんな感じで、農業用の機械とか出来ませんかねぇ？　畑をね、こう耕《たがや》す」

「農業用に？　どうしてもってんなら魔道三輪の図面を引いたヤイチに相談してもらえば出来るとは思いますけど、あれはミスリルに竜の骨をかなり使うし、魔水晶が必須だからかなり単価が上がりますよ？」

「ああ、それなら、ノアちゃんにもらった骨の粉で撒いてないのがまだ納屋に残ってたはずだし、魔水晶も母屋に幾つか転がってたはずだから、ミスリルだけあれば作れるかねぇ」

「……納屋？　骨の粉を撒く？　ちょっと詳しく聞かせてもらいましょうか」

せっかくモニモニ出来るかと思ったのに、モフモフしっぽの持ち主は額に青筋を浮かべて笑っている。これはおそらく、触らぬ神に祟りなしってやつだろう。

「ところで、ノアしゃんはさっきから元気がないね。さすがに疲れたのかね？　わしゃの杖が傷だらけなのは、もう謝ってもらったから気にしなくていいよ？」

坊主は心配げなモフモフたちを見回すと、情けなさそうに眉尻を下げ、肩を落とした。

「……えなかった」

「なんじゃい？」

「せっかくあんなに頑張って拾ってきたのに、魔水晶、鍛冶に使えなかったんだよぉぉぉっ」

叫んだ坊主に、モフモフたちは一瞬目を見張ってから、頭を押さえた。

「そういえば、そんなこと言ってたね」

「口実じゃなくて本気だったのかい？」

「当たり前でしょ⁉　オイラの夢は、誰も打ったことのない鉱石と素材で誰も見たことのない剣を作って、『最強の鍛冶見習い』になること！　最近それに、父ちゃんみたいに依頼人にぴったりな剣を打つ鍛冶士になりたい、ってのも加わったけど……誰も魔水晶を鍛冶に使ったことはないだろう、ってリリィが言ってたから張り切ってたんだよオイラ！」

歯を剥いて悔しがる小僧に、風竜小娘の冷静な声がかかる。

「ノア、確かに魔水晶は鉱物。でも、それなら岩塩だって鉱物。剣に加工出来るような鉱物は、むしろ鉱物の中でも少数派」

「そ、そんな……」

真っ白になった小僧は、横向きにパタンと倒れ伏した。

「オイラの頑張りはいったい……」

「取らぬ狸《たぬき》の皮算用ってヤツじゃわ」

くっくと笑ったモフモフが、ふと表情を変えギロリと白い小娘を見つめた。

「さて、リリ。それじゃあそろそろ言い訳ってヤツを聞かせてもらおうかね」

11　魔道具士の弟子

言い訳？　言い訳って——そうか、リリィが婆ちゃんたちに無断でソイ王国から消えたっていう件！

ガバッと体を起こしてリリィを庇おうとしたオイラを、ルル婆が軽く手を上げて制した。

婆ちゃんたちに見つめられたリリィは少しだけ目を見開き、視線を逸らし……それから、ルル婆とララ婆を交互に見つめた。

「ごめん、母さんたち。リリ、ソイ王国の街中で、こっちをジッと見ている『リリ』と会ったの。だから、母さんたちを巻き込まないよう、そのまま逃げた」

思いがけないリリィの言葉に、ルル婆ララ婆もオイラも、一瞬、言葉が出てこなかった。

「……リリを見てるリリ？　鏡とかじゃなくてかい？」

「ドッペルゲンガーとか、魔物の一種かい？」

いぶかしげな婆ちゃんたちに、リリィはかぶりを振った。

「リリと服は違った。髪型も違った。目の色も違った。でも、顔と……何より、風が同じ」

「風？　風……まさか風竜か！」

ルル婆が眉間に深いシワを寄せ、ララ婆は額にパンと手を当てた。

「そりゃあ、逃げて正解じゃわ、リリ。むしろよくやったと褒めてやらにゃなるまいね。風竜が絡んでるとなりゃ、やたらな伝達手段も使わないが吉。ヨヘイのカシワ屋にいたのも……竜骨屋の穴《あな》蔵《ぐら》なら、風竜の『風見』の力でも見付かりづらいと踏んだのか」

無表情にコクリと頷くリリィに、リリィの事情を知らないマリル兄ちゃんが首を傾げた。オイラもイマイチ分からない。

「えっと、リリィの父親が風竜だってのは聞いてたけど、何で風竜から逃げなきゃならないんだ？」

「それに関しては、我が説明してやろうではないか」

「女王さん⁉」

背後の障子の向こうから急に響いた艶《あで》やかな声に、マリル兄ちゃんが目を丸くする。

タンッ、と障子を開けて現れたエスティは、口からスルメの足を生やしながら、片手にぐい呑みを持っていた。その背後には、いつものコタツ、酔い潰れている父ちゃんと、正座でスルメを炙《あぶ》る執事竜がいる。

今日はテリテおばさんがお昼に新蕎麦《しんそば》を振る舞ってくれる予定で、それを待ちきれないエスティは、朝から座敷に上がり込んで酒盛りをしていた。肴《さかな》を要求されてスルメしかなかったのは勘弁して欲しい。巻き込まれた父ちゃんは早々に酔い潰されたようだ。

「ここは我の縄張りの内。結界を強化したゆえ風竜にも声は届かん。ここまで来たのは英断じゃったな小娘」

エスティはガジガジとスルメを齧りながら、グビリとどぶろくを呑み込んだ。

「とりあえず、小娘が風竜から逃げる理由じゃな。竜の力というものは、火竜であれ、風竜であれ、いわば女王からの借り物なのじゃ。誕生と共に女王から力を授かり、死をもってしてその力を返す。じゃが、他の種族と子をもうければ、その竜の力は子へと継がれ、女王へ戻すことは叶わぬ。すなわち女王への背信。人間風に言えば、『力』の横領《おうりょう》といったところか」

マリル兄ちゃんがポカンと口を開けた。

一方で、ララ婆は軽く唇を結んだけれど、そこまで驚いている様子はなかった。

「ほお、大賢者に大盗賊。以前に話して聞かせた折、小娘は大層驚いておったが、おぬしらは動じておらぬな？　見当がついておったと見える」

「……科戸《しなと》が言い残して行ったのは、『風竜が来たら逃げろ、リリを隠せ』とそれだけでしゅけどね、まあ、そんなことじゃないかとは思ってましたよ。あのヒトデナシ、肝心なことは何一つ言わずに、行き方知れずになっちまいやがって」

「やはり、小娘の父親は科戸――風竜王の弟か。知っておるか大盗賊。その風竜《おとこ》、五十年ほど前より、風竜の岩屋に幽閉《ゆうへい》されておるぞ」

「っ!?」

エスティの言葉に、ララ婆は何とも言えない表情で唇を噛んだ。

「あれほど子煩悩《こぼんのう》だったヒトデナシが来なくなったんだ、死んだかそれ相応の何かだとは思ってましたが……そうでしゅか……」

「知らせぬことで守る道もあるということなのじゃろう。科戸が風竜女王におぬしらのことをどれだけしゃべったかは分からぬが」

そこでいったん言葉を切ると、エスティは扇子の先でリリィを指した。

「横領の犯人は捕まっても、横領した現物は、ほれ、ここにある。いくら女王とは言え、カネの横領とは違って力のみを取り戻すことは出来ぬ。手っ取り早い方法としては、小娘ごと持ち帰るか殺して取り戻すか。いずれにせよ小娘にとって望ましい形にはならぬ。ゆえに、『逃げるが吉』というわけじゃな」

そこでエスティは不意に、視線を庭先へ向けた。

「——おお、十日ぶりじゃな人の王。テリテの新蕎麦とは大したものよ。二人もの王を引き寄せるのじゃから」

エスティの言葉に振り返ると、垣根《かきね》の向こうに片手を軽く上げたジェルおじさんの姿が見えた。

そのジェルおじさんを押しのけるようにして、女冒険者風のユーリが転がり込んで来た。そのまま一目散《いちもくさん》にミミィの元へと走り寄る。

「女将、女将、女将！　私を弟子にして！　あの『増幅』の魔道具、本っ当ーに感動したんだ！

魔道具は魔法には及ばないなんて言われることもあるけど、とんでもない。魔道具であんなことまで出来るだなんて！　私は絶対、魔道具士になるんだ！」

ミミィの手を両手で握りしめ、興奮してブンブンと振りまくるユーリ。それにエスティはカラカラと笑い、マリル兄ちゃんは目を丸くし、ルル婆は呆れたような視線をジェルおじさんへ向けた。

「仮にも第一王子があんなこと言いよるけど、国王としてはどうなんじゃね？」

「俺個人としては、ユーリにもカウラにもセーラにも、自分がなりたいものになってほしいと思っている」

拳を握ってボソリと言うジェルおじさんに、ルル婆もまた遠い目をした。

「そうじゃね、アンタも勇者が天職じゃったもんねぇ」

ジェルおじさんは先代の勇者。

国王の一人息子だったにもかかわらず、次期国王ではなく勇者として育ち、次期国王には別の人物――フットマウス・デイジーズ侯爵《こうしゃく》という人物が内定していたそうだ。それなのに、その妻となるはずだった義姉（オイラの母ちゃんだ）が侯爵と破局、出奔《しゅっぽん》してしまったがために、国王にならざるを得なくなった。

ジェルおじさんはミミィの前で頭を下げた。

「ミミ姐《ねぇ》……俺からも頼む。ユーリを弟子として育ててやってはくれないか」

「はぁ!?　第一王子なんてものに魔道具作りを仕込んでも、道楽にしかならないじゃないか。途中挫折《ざせつ》する弟子もいないこたぁないけどね、はなから可能性のないモンにかけるほどあたしゃの時間は安くないんだよ。どうしてもってんならそれなりの誠意を見せてもらおうか」

人差し指と親指で丸を作ってみせるミミィに、ジェルおじさんが眉尻を下げる。

「ミミ姐は高いからなぁ」

「こちとらわざわざ無駄骨を折ってやろうってんだ。本来の商売をやってたら稼げたはずのおぜぜを要求して何が悪いってんだい」

フン、と鼻を鳴らすミミィは、オイラにはあまり見せたことのない悪い顔をしている。

以前リリィに聞いたところによると、ミミィのお師匠さんは物凄く腕が良くて物凄く人も好かったんだけど、騙《だま》されて身上を潰し、弟子も店員も離散してしまったんだそうだ。それ以来、ミミィは『取れるところからはふんだくる』をモットーとしているらしい。

「第一、王子は牛の獣人だろう。牛の獣人てなぁ、魔道具士にゃ向かないんだよ。いっぱしの魔道具士になるまで人の何倍もかかる。一時の熱に浮かされただけの王子様が、それだけの間飽きずに魔道具に向かい続けられるかい？　教えるだけ無駄だ」

ジェルおじさんの後ろで目を潤《うる》ませていたユーリが、勢いよくミミィに取りすがった。

「女将、お願いだよ、いやお願いします。私を弟子にしてください。女将が教えてくれたことを一個だって無駄になんてしない、私は絶対に魔道具士になってみせる！」

しかしミミィは白けた表情で自分の左腕にすがっているユーリの胸元を掴むと、ブンと放り投げた。

「……え？」

ユーリは十三歳とはいえ、牛の獣人だけあってオイラより大きい。それが軽く宙を飛び、落ち葉の積もった庭へと飛ばされた。

ゴロゴロと転がったユーリは、枯れ葉を撥《は》ね飛ばしながら起き上がると、再びミミィの腕へと取りすがろうとし、今度は胸を蹴飛ばされて縁側の下へと落ちた。

「魔道具士にとっちゃあ手は命だ。師匠になろうって人間の命を無下にするんじゃあないよ」

「え⁉」

金色の豪華《ごうか》な巻き毛と天上の神々が精魂込めて作り上げたかのような美しい顔に、落ち葉や泥《どろ》や苔《こけ》をくっつけた第一王子が、嬉しそうに目を見張った。

「それって、師匠になってくれるってこと⁉　この前の『増幅』の魔道具には、本当に、本当に衝《しょう》撃《げき》を受けたんだ。私が知るどんな魔道具とも補助魔法とも全く違っていた。私も女将みたいになりたい。女将みたいな魔道具士になって……きっときっと……の役に立つんだ」

最後は声が小さくなってよく聞こえなかったけれど、ユーリの真心は伝わってきた。

ミミィは口をひん曲げてチッと言った。

「ヤイチの件で、あたしゃもちっとは反省したんだよ。王子だから牛だからって門前払いにしちまったら新たな可能性を潰しちまう。しょうがない」

そこに、今までテリテおばさんの依頼を受けて縁台で魔道具の図面を引いていたヤイチさんが口を挟んだ。

「あの、師匠。なんで牛は魔道具士に向かないんです？」

「牛に限らず、元々蹄《ひづめ》のある動物の獣人ってなぁ、手先が不器用なんだよ。髪の毛一本の太さしかない繊細な回路を描くにゃ向いてない。ただまぁ、牛は草食だからね、魔力自体は魔道具にゃ向いてるはず……ってよく考えたら器用だけど肉食……アライグマのアンタの正反対だね」

ミミィは空間収納から小さな巾着《きんちゃく》と乳鉢《にゅうばち》、乳棒《にゅうぼう》を取り出した。

その乳鉢に巾着の中身、白い粉をサラサラとあける。

「いいかい、王子。これは竜の骨の粉だ。魔道具ってのは、ミスリル板に竜の骨の粉を魔力で溶いた顔料で色々な模様《タングム》を描いて作るのが基本だ。アンタは補助魔法使いだから、体内の魔力を練って外に出すことは出来るね？　この乳棒に魔力をまとわせて、乳鉢の中の粉をより細かくするようなイメージですり潰してごらんな。相性が良ければとろみの付いた顔料になるし、悪ければダマになって固まっちまう」

ユーリはミミィから乳鉢を受け取ると、さっそく縁側前の地面に膝をついた。

そのまま縁側の板の間を机代わりにして、意気揚々《いきようよう》と乳鉢の中の粉をすり潰し始める。

ところがしばらくして、泣きそうな顔で振り返った。

「どうしよう女将、私がいくらやっても……とろみもダマも出来ない……」

「なんだって？　ちゃんと魔力を入れたんだろうね？」

ユーリの差し出した乳鉢の中を覗き込んだミミィが、目を丸くした。それからヤイチさんをチョイチョイと手招く。

「ヤイチ、あたしゃの気のせいじゃなければ、こいつぁ顔料になってるよね？」

「ええ、師匠。こんなにさらさらとした顔料は見たことがありませんが……」

「はっは、こりゃあ思いもかけない掘り出しモンだよ！　いい弟子を引き当てた！」

ミミィはヤイチさんとバッチコーンとハイタッチした。

状況が分からず顔を見合わせるオイラたちに、ミミィは笑いすぎて滲んだ涙を拭《ぬぐ》いながら笑いかけた。

「王子、渋《しぶ》って悪かったね、はは、全く意外も意外、ちょうど欲しかった人材だ。こりゃむしろこっちから頭を下げてウチで働いてくれと願わにゃなるまい。いいかい、あたしゃがさっきと同じことをすると」

そう言いながら、ミミィは新たな乳鉢を取り出し、竜の骨の粉を顔料に溶いた。

「ほら、とろみがあるんだ。ヤイチがやった日には、これどころじゃないダマだらけのボソボソでね。筆にとって実際に描いてみれば、違いがいよく分かるだろう」

次に取り出したミスリル板に、ミミィはまず自分の顔料を筆にとって線を引き、花のような小さな模様を描いた。

「これは、ランプなんかに使われる、ただ『光る』だけの回路だよ。あたしゃの魔力だと、これが最小だ。隣に王子の顔料で描いてみるよ」

筆の毛を抜いて細くし、目をかっぴらいて集中したミミィが描き上げた光の回路は、先ほどのものより一回り以上小さかった。

「分かるかい？　ドロドロした顔料よりトロトロしたもの、トロトロしたものよりサラサラしたもののほうが細い線が描けるんだ。魔道具の回路ってのは、限られた場所にみっちりぎっちりと、様々に組み合わせた模様《タングム》を描き込む。王子の魔力を使えば、今まで図面は引けても実質不可能だと諦《あきら》めていた魔道具――例えば、細かな動きの出来る義手や実際に見える義眼だって可能になるだろう」

ニィッと笑うミミィに、ユーリはいまだ実感がないのか目の前の光の回路とミミィの顔を順番に見比べている。

「私の、魔力が」

「そうさ、魔道具士になるために産まれてきたような魔力だ。同じ種族でも、魔力には個人差がある。王子の魔力は、牛の中でも一等魔道具士向きだ。王家の始祖は竜の神だっていうから、そのせいかもしれないね」

どこか呆然《ぼうぜん》としたユーリが、長い睫毛《まつげ》を震わせてなぜかオイラを見た。

「ねぇ、ノア、私、魔道具士に向いてるって」

「凄いよユーリ！　ユーリの力で助けられる人がいるんだね」

オイラの言葉に、ユーリが碧《あお》の目を真ん丸くした。

「助けられる？　私なんかが？」

「そうだよ！　ほら、エスティも言ってたじゃない、火竜でも羽を失った竜がいる、って。竜だって人だって、体の一部を失って困ってる人はいっぱいいる。そんな人たちが、ユーリの作った魔道具で助かるかもしれない。凄いよユーリ」

「凄い？　私が……？　人や、竜まで助けられるように……？　それなら、いつかノアの助けにもなれるかな……？」

「何言ってんの、今でも助けられてるよ。オイラは研《と》ぎが苦手だからね。作った剣とかをユーリが研いでくれるのとくれないのとじゃ大違い。魔道具士になったら、こしらえまで頼んじゃうつもりなんだから」

「私が、ノアの助けに……皆の助けに……」

何だか泣き出しそうなユーリの肩を、ミミィが力強く叩いた。

「そうさ、足や手が欠けちまってるのは、何もウチの宿六《ヨヘイ》だけじゃない。作れるモンなら、義手に義眼に、手を広げていきたいと思ってたとこだったんだ。とはいっても、アンタはまだヒヨッコどころか卵もいいとこだ。あるのは魔力の可能性だけ。今後の精進《しょうじん》次第だよ」

徐々に、徐々に、ユーリの顔が花開くようにほころんでいった。

「それは、頑張れば私だって誰かを助けられるようになる……そういうことだよね、女将⁉」

「王子……いやユーリ、『女将』とはいただけないねぇ。師匠とお呼びな」

「うわっ、はい、師匠！　よろしくお願いします！」

喜びを噛みしめるように顔を歪《ゆが》めるユーリに目を細めながら、ジェルおじさんも心底嬉しそうにニコニコしていた。

そのジェルおじさんは、ふとオイラに目を留めた。

「そういや聞きそびれていたが、さっきは何だか元気がなかったな、ノア？　具合でも悪かったのか？」

「ああ、ノアしゃんはね、苦労して手に入れた魔水晶が鍛冶には使えずにしょぼくれてたのしゃ」

せっかく忘れていたのに、カッカと笑うララ婆に蒸《む》し返されて、オイラは無言で口を尖らせる。

「魔水晶が？　『夕闇谷』に向かう前に確かにそんなことを言っていたが……あのスタンピードに追われる中、まさか本気で拾ってきたのか」

「……そのために行ったんだし。魔剣が打てるかと思ってすっごい期待してたのに」

今度は口をへの字にしたオイラに、思いがけないところから声がかかった。

「なに、ノア、魔水晶とやらが使えぬからと悲観することはないぞ。トレントの体は建材には使えぬが、良い炭になると聞いたことがある。そちらを鍛冶に使えば良かろう」

今までどぶろくを舐めながら次々にスルメの足を呑み込んでいたエスティの突然の言葉に、脊髄《せきずい》反射で、ぎゅいんと体がそっちを向いた。

「何ソレ、早く言ってよ！　そしたら魔水晶なんかじゃなくて枝を拾ってきたのに！　今から行ってもまだ残ってるかな⁉　オーツ共和国の調査団とか入ったんだよね？　魔水晶が欲しいって話だったし、もう立ち入り禁止にされちゃった⁉」

前半はエスティに、後半はルル婆にまくし立てるオイラに、ジェルおじさんが苦笑を浮かべる。その手のひらには、オイラが拾ってきた魔水晶が載っていた。

「『鉱石判別』でもない限り、この石みたいなもんが魔水晶だとは誰も思わんだろう。確かに今の『夕闇谷』はオーツ共和国の調査団が入り、一般人の立ち入りが禁止されているが、半年もすれば解除されるんじゃないか？　どのみち、あの魔獣の群れに追われながら枝を担いでくるのは無理だっただろう。今は諦めろ、ノア」

「半年？　半年だね、ちゃんと聞いたからね⁉」

ブンブンとしっぽを振るオイラの頭を、ジェルおじさんの大きな手がわしゃわしゃと撫でる。

「そうだな、まぁ、半年もすれば落ち着くだろう。色々と」

12　ジェルおじさんのお願い

「え？　王都を離れて欲しい……って、何でまた？」

その後、話が落ち着くころにはお昼になっていた。

そしてテリテおばさんが持ってきてくれた新蕎麦をもきゅもきゅと頬張《ほおば》りながら、ジェルおじさんに唐突に切り出された言葉に、オイラは首を傾げる。

テリテおばさんの打つ蕎麦は、太くて短い。大晦日《おおみそか》にはマリル兄ちゃんが細くて長い蕎麦を打ってくれるんだけど、オイラ的には、このすいとんのようなぶっとい蕎麦が結構好きだったりする。

いわゆるお袋の味的な感じだ。母ちゃんの打つ蕎麦はもっと太くて、もっと粉っぽかった。

よく分からないお願いをしてきたジェルおじさんもまた、オイラの向かいでもっきゅもっきゅと蕎麦を咀嚼している。

「まずな、この間のスタンピードのとき、ルル姐ララ姐たちやテリテ女史は『夕闇谷』近くの集落防衛に当たったそうだが、国に残った俺ら――騎士団や予備役《よびえき》、有志の冒険者は国防や住民の避難誘導をやっていたんだ」

「ああ、そっか……そうだよね」

スタンピードの話を聞いたとき、オイラは思いつきで突っ走っちゃったけど、冷静になってみれば、あれは王都に魔獣の群れを突っ込ませてしまう可能性もあった危ない案だった。それのフォローをしてくれたらしいジェルおじさんは、きっと大変だっただろう。

「ごめんね、オイラってばその辺のこと何にも考えてなかった」

へにょりと眉尻を下げてしっぽを垂らしたオイラに、ジェルおじさんは闊達《かったつ》に笑った。

「気にするな、子どもが何かやりたいときにサポートするのは大人の役割だ。というより、あの時点ではあれが最善だった。誘導されないままのスタンピードがそのまま王都に突っ込んでくる可能性もあったんだ、そうなったら騎士団にも国民にも相当な被害が出ただろう。騎士団の連中だって、無駄足だったと怒るようなヤツはいない」

ほっと胸を撫で下ろすものの、それならジェルおじさんのお願いの意味が分からない。

「王都を危険にさらしたから、オイラに怒ってるってわけじゃなくて？　じゃあなんで王都から離れろなんて話になるの？」

ジェルおじさんは、「あー」とか唸《うな》りながら喉元の無精《ぶしょう》ヒゲを掻《か》いた。

「それがな、スタンピードの魔獣の大群とその前を行く変テコな魔道具、さらにその魔道具に乗っている子ども二人――騎士団の一部から、バッチリ見えちまったんだわ」

「「……」」

オイラとマリル兄ちゃんは、思わず顔を見合わせた。

あのときは、追ってくる魔獣に気を取られていて周りに誰かいるかもしれないなんて考えもしなかった。

けれどいくらルル婆が経路を決めてリリィが誘導してくれたからって、あの魔獣の大群が通る道のり全てに人がいないなんてわけはない。

オイラたちに先んじて、ララ婆がジェルおじさんに連絡、騎士団や予備役総出で住民の避難や街道の通行規制をやってくれていたんだそうだ。そのおかげで、魔獣に踏み潰された家や畑はあっても、死傷者は出なかった。

しかし避難する人たちの中には、自力では動けないお年寄りも、病人も、小さな子どももいた。そんな人たちを背負い、抱え、ゆっくりとしか動けなかった最後の騎士団の一団の前を、オイラたちが通過したんだそうだ。

とはいっても、距離があったし暗かったから、ハッキリと顔までは分からなかったらしいけど……

それが、ついこの間王城で騎士団総括相手にやらかした『あの子ども』じゃないか、という話がまことしやかに囁《ささや》かれ始めてしまったらしい。

『あの子ども』――つまり、オイラだよね。

まことしやかにも何も、オイラ本人で間違いない。

「スタンピード発生は、大賢者ルルと大盗賊ララが竜の知己《ちき》からの警鐘《けいしょう》で予見し、誘導出来る可能性を示唆《しさ》したもの。そしてSランク冒険者のテリテ女史の協力を得て、最も魔力の影響を受けづらい弟子二人をもってして実証実験に踏み切り、見事に成功した。緊急事態につき事後公布にて失礼する——国の内外にはそう説明している」

そこでジェルおじさんはチロリとオイラとマリル兄ちゃんを見た。

「聖騎士オムラの子、レベル６００越え、竜に顔が利き、大災害《スタンピード》まで操れる——よそに知られれば、一躍《いちやく》ヒーローだ。ノアもマリル君も平穏とはほど遠くなる。こちらの判断でルル姐とテリテ女史に矢面に立ってもらうことにしたわけだが、余計なお世話だったか？」

オイラとマリル兄ちゃんは、同時にブンブンと首を横に振った。

オイラはやりたいからやっただけで、マリル兄ちゃんはそんなオイラを心配して付き合ってくれただけだ。ヒーローなんて鍛冶も料理も出来なくなっちゃうし、まっぴらごめんだ。

ジェルおじさんの背後で、蕎麦のこんもりと載った竹ザルを持ったテリテおばさんと、座布団で浮いたまま蕎麦を頬張っていた婆ちゃんたちが苦笑いしている。

「だが、せっかくのルル姐ララ姐とテリテ女史の尊い犠牲《ぎせい》も、こうも噂が広まっちまうとな。貴族の中には早くもお前を取り込もうと動き出した家もあるし、ほとぼりが冷めるまでノアとマリル君には王都を離れて欲しいわけだ。幸いにもテリテ女史の冬の稼業《かぎょう》——Sランク冒険者として活動する時期だ。同行させてもらえばいい。その間に、何だ、面倒な交渉《こうしょう》ごとや根回しは——本当は俺だってやりたくないがしょうがねぇ——まぁ、何とかしておいてやる」

「何か本音がダダ漏れだった気がするなぁ」

オイラがそうつぶやくと、座布団でフワフワと寄ってきたルル婆が、笑いを噛み殺してジェルおじさんの肩を叩く。

「まぁ、元々はわしゃの持って来た厄介ごとじゃ、少しくらいなら付き合ってやろうよ。ぶっちゃけ、ノアしゃんは素直すぎるから、腹黒共にやたらな言質《げんち》を取られちゃ困るんじゃよ。貴族ってなぁ全く油断の出来ない生き物じゃからね」

オイラとマリル兄ちゃんが顔を見合わせ、それから期待のこもった目で見つめると、テリテおばさんは笑って頷いた。

「やったぁ！　テリテおばさんの出稼ぎに付いていっていいの⁉」

「毎年いくら頼んでもダメだって言ってたのに」

今まで知らなかった鍛冶素材に出会えるかもしれない、今まで見たこともない食材に巡り会えるかもしれない、と、オイラとマリル兄ちゃんはワクワクしながらテリテおばさんに駆け寄った。

「ノアちゃんも大きくなったし、今年は特に大きな依頼も入ってないしね。あっちこっちのダンジョンを回るつもりだったから、ちょうど良かった。……まぁ、働き手《マリル》なしで残される父ちゃんは心配だけど」

少しだけ眉間にシワを寄せたテリテおばさんの足下から、唐突な声が湧き上がった。

『でしたら、是非、僕らのダンジョンにいらしてください！』

この場にはいないはずの人物の高い声に、オイラはキョロキョロと辺りを見回し……自分が食べていた蕎麦のお膳《ぜん》の上にちょこんと立つ、手のひらサイズの人影を発見した。

「ちょっ、どうしたのラウル！　こんな人の多いときに」

ラウルは、ミスリル鉱石のある『妖精の森』で知り合ったノッカー族、つまり土の妖精だ。

ノッカーはダンジョンを運営しているそうで、オイラの打つ武器がいわゆる『ダンジョン武器』にぴったりだと惚《ほ》れ込んでくれ、仕入れにちょくちょく訪れるようになった友だちでもある。いわばオイラのお客さん第一号。

けれど妖精はあまり人に姿を見られたくないそうで、ラウルが訪れるのはいつも、オイラか父ちゃんしかいないときだった。一緒に住んでいるリムダさんとリリィにはラウルの存在こそ話してあったけれど、不思議なことに今まで顔を合わせたことはない。

『そんな場合じゃないんです、ノアさん！　ダンジョンに……ミュールのダンジョンに、邪妖精《じゃようせい》の予告状が現れて……』

ホロホロと小さな両目から溢れ出す涙に、リリィがさっと近づいて小さなハンカチを差し出した。

何でそんなもの持ってるんだと言いたいくらい、ラウルにぴったりな妖精サイズだ。

お礼を言って受け取るラウルに、「じーん」と口に出して感動しているところからして、話には聞いていたものの直接会えていなかったラウルに会える機会を狙って制作していたもののようだ。

それより……

「ちょ、落ち着いて、ラウル。ミュール？　邪妖精？　予告状？　気になるワードはいっぱいだけど、何を言ってるか分からないよ」

ズビズビと鼻をすするラウルは、ハンカチで涙を拭い、袖《そで》で鼻水を拭《ふ》くと、皆のほうを向いてペコリとお辞儀した。

『初めまして、ノッカー族のラウルと申します。ノアさんにはお世話になってます……』

妖精という、今まで見たことのない存在に驚く面々を前に、ラウルはとつとつと話し出した。

それによると、ノッカーにとってダンジョンとは、ある意味で病気のようなものらしい。

『ダンジョンマスター』を発症すると、ダンジョンを作れるようになる代わりに、ダンジョンにのみ実る『ダンジョンベリー』を食べないと極端な短命になる。『ダンジョンベリー』はダンジョンに集まる生き物の『気』を元に生成されるから、『ダンジョンマスター』を発症した家族のいるノッカーは、一家総出でダンジョンに人が集まるように奔走《ほんそう》するんだそうだ。

それが、『妖精の森』のフェアリー族が作るポーションだったり、ドワーフ族が作る防具だったり、オイラが作る剣だったりで、ノッカー族が掘り出す宝石と並びダンジョンの宝箱の中身になる。

ラウルの家族では、妹のミュールちゃんが『ダンジョンマスター』を発症してしまった。

ラウルの両親はまだ健在だけれど、どうしてもやらなきゃいけない仕事があるとかで、ミュールちゃんの補佐にはラウルが走り回ることになった。

ただ、ミュールちゃんのダンジョンは出来たばかりで思うように冒険者も集まらず、まだ全く

『ダンジョンベリー』も実らない。

そのため、他のダンジョンを持つノッカーに少しずつ『ダンジョンベリー』を譲ってもらって延命しているのだという。

『それなのに、それなのに……ミュールのダンジョンが、邪妖精に見つかってしまったんです……』

「邪妖精って何？　それにダンジョンが見つかるとどうなるの？」

『それにはまず、ダンジョンとノッカーについて説明しないといけません』

ラウルによると、実はノッカー族というのはかなり人数が減ってきているらしい。ここ五十年の間に産まれたノッカーはラウルとミュールちゃんだけというくらい、ほとんど絶滅寸前の種族なんだそうだ。

『今、この大陸に幾つくらいのダンジョンがあるかご存じですか？』

ラウルの問いに答えたのはテリテおばさんだった。

「そうだねぇ、二百くらいかね、ルル様？」

「正確には、二百と四つじゃわ」

その言葉に、ユーリが首を傾げる。

「おかしくない？　ノッカーって少ないんでしょ？　二百以上も世帯があるなら、人間でいっても小さな街くらいにはなるよ」

ラウルは泣き笑いのように顔を歪めた。

『ある日突然、ダンジョンからノッカーの姿が消えるんです。ダンジョンマスターの部屋は消滅し、呼べど探せど仲間は現れない。それなのに、ダンジョンはまるでノッカーがいるかのように存在し続ける。宝箱も、魔獣も、冒険者に奪われ倒されても、ノッカーがいた頃と何ら変わりなく復活し続けるんです。僕らはそういったダンジョンを、野良《のら》ダンジョンと呼んでいます。今現在、明確にノッカーが運営しているダンジョンは二十ありません』

オイラたちは思わず息を呑んだ。

オイラもテリテおばさんも婆ちゃんたちもジェルおじさんも、もちろんダンジョンには行ったことがある。魔獣も倒したし宝箱も開けた。それが野良ダンジョンかどうかなんて、全く見分けが付かなかった。

『ダンジョンを乗っ取る何者かを、僕らは邪妖精と呼んでいるんです。とはいっても誰も姿を見た者はなく、ただ漠然《ばくぜん》と怖い昔話の怪物のように言い伝えられているだけですが。ただ、確実な痕跡《こんせき》がたったひとつあります。それが、ダンジョンの前に置かれたこの紙――「邪妖精の予告状」と呼ばれるこれに書かれた、この模様です』

ラウルの広げた、彼にとっては大きな、オイラたちにとっては手のひら大の大きさの紙、その煤《すす》けた紙面を、皆が覗き込む。

そこにあったのは、花のような模様だった。

『僕はミュールを助けたい。ダンジョンマスターというものは、一度ダンジョンを作ってしまったら外へは出られなくなるんです。つまり、邪妖精から逃がすことは出来ません。ならばせめて「予告状」が解読出来れば、何かのヒントが分かるんじゃないかと思うんです。僕らノッカーは、文字というものを持ちません。今まで解読出来たノッカーはいませんでした。でもここになら、人間さんも竜さんもいらっしゃるので、どなたか知ってる方もいるんじゃないかと……』

そこまで言ったラウルの眉尻がへにょりと下がったのは、皆が皆腕を組んで難しい顔をしたからだ。

ジェルおじさんが、片眉を上げてルル婆を見る。

「少なくとも現在のこの国や近隣諸国の言語ではないな。ルル姐、何か思い当たる言語はあるか？」

「わしゃを誰だと思ってるんじゃい、かの大賢者じゃよ——と言いたいところじゃけどね。現代の魔法言語でも古代の魔法言語でもない、古語ですらないとなると」

「リリの知ってる、異国の言葉でも亜人の言葉でもない」

チラリとルル婆の視線を受けた執事竜《セバスチャン》さんが、エスティに促されて紙面を覗く。

「火竜文字でも、竜の共通文字でもありませんな。あえて言うなら、古い木竜文字に近い気もしますが、解読までは致しかねます」

本当に読めないのか読む気がないのか分からないけれど、セバスチャンさんはそれきり下がってしまった。

『木竜……』

何かを考え込むようにラウルが顎に指先を当てて俯いた。

木竜の知り合いなんていないし、エスティに無理を言って誰か紹介してもらおうか。そう思いかけたとき、意外なところから声が上がった。

「なんだい、そりゃ魔道具の模様《タングム》じゃないか」

13　邪妖精の使い

「ミミィ？　これ読めるの⁉」

驚いてミミィを振り返ると、横からにゅっとユーリが首を突っ込んできた。

「え、でもミミ師匠、確かにこれって魔道具の模様《タングム》に似てますけど、意味を成さない回路図ですよね？　このまま魔道具にしても、何も発動しない……」

「ああ、ユーリが知らないのも無理はないよ。これは今は使われていない飾り模様《タングム》だからね」

何てことないように言い放つと、ミミィはどっかりとラウルの紙の前へと座り込んだ。そのまま指でなぞるように模様の一部を指し示す。

「ここは祈誓文《きせいぶん》。神への祈りを表す模様《タングム》だね。元々、魔道具ってのは木竜の神への祝詞《のりと》が描かれた儀式用の法具だったんだ。それが不思議な現象を起こした。最初は奇跡だなんだ言われてたが、同じ祝詞の描かれた法具は同じ現象を起こす。それが魔道具の始まりで、時代が下《くだ》るにつれ、『現象を起こすために必要な模様』だけが抽出され、それ以外の祝詞に使われてた模様は『飾り』として廃れていった」

ミミィは懐かしそうに目を細めた。

「あたしゃの師匠ってなぁ奇特な人でね、効率が悪かろうが何だろうが祝詞は魔道具の基礎だと言って、一通り学ばされたんだよ。大昔の記憶だから、かなり怪しいところもあるが……まぁ、読めなくもない。というか、こいつは本当に神への祝詞だね。とてもじゃないけど、予告状とか脅迫状とかには思えない……」

指で示しながら、ミミィは単語を並べていく。

「偉大、神、御使《みつか》い、願う、窮状《きゅうじょう》、飢餓、寒さ、救い……これは数字だったかね？　リリ姉さん、コットンシードのカシワ屋にあった『魔道具の歴史・上巻』読んでないかい？　これが六だったか十一だったか……」

「十一、下の模様《タングム》は十」

「読んでたかい！　こりゃ何とかなるかもしれないよ」

ミミィとリリィが額を寄せ合って解読し始めた。それを興味深げに覗き込む婆ちゃんたちとユーリ。

こうなれば、知識のないオイラなんてのは完全に蚊帳《かや》の外だ。

食後のお茶でも淹れようかなー、と竈《かまど》のほうに視線を向けると、パトロール帰りらしいタヌキが口に何かをくわえて意気揚々と帰ってきた。

「あれ、おかえりタヌキ。今の時期にそんなでっかい虫――……」

何気なく話しかけて、オイラは一瞬固まる。

「んに？」

まん丸なタヌキの目と目が合った。

「タヌキ、ちょっとそれ見せて！　むしろちょうだい！」

地面を蹴ってタヌキに肉薄し、首根っこを掴んで口の中の虫を放させようとするオイラに、ジェルおじさんがおろおろと声を掛けてくる。

「ノア、どうしたってんだ？　いくら何でも、猫の獲物を横取りしようってなぁ……」

「フギャアァアアッッ！」

必死に抵抗するタヌキが獲物にトドメを差しちゃわないように顎を固定しつつ、しっぽをふくらませて爪をむき出しにしたタヌキの前足を握る。

「ほら、かつお節のしっぽと交換して、ね、お願いだから～」

後ろ足にしこたまひっかかれつつ、タヌキの口から羽虫を引っこ抜く。

恨《うら》めしそうに獲物を見つつ、タヌキはしぶしぶとかつお節のしっぽをかじり始めた。

「どうしたんだいノアちゃん？」

皆が驚いて注目する中、手のひらに包んだ大きな羽虫？　を、オイラはみんなの前で恐る恐る見せる。

「これ、多分、虫の獣人だ……」

蜂《はち》の翅《はね》と触覚の生えたその小さな獣人は、弱々しく小さな声で、るーーっと鳴いた。

「虫の獣人じゃって？　そんなもの、この大賢者をして初めて聞くよ」

「多分、蜂の獣人──虫人？　だと思う。一応聞くけど、ラウル、妖精の仲間じゃないよね？」

『違います。妖精の気配じゃありませんから……ポポル様たちフェアリー族に似ていますが、一回り小柄ですし、翅から零れる光がありません』

蜂の獣人はまだ少年で、黒に金の筋が入った髪から大きめの触覚が生え、背中には透き通った蜂の翅、服は作務衣《さむえ》か甚兵衛《じんべえ》のようで、あちこちすり切れて汚れている。

オイラは竹籠《たけかご》の中に手ぬぐいを敷いて、蜂の獣人をそっと寝かし、リムダさんに見せた。

「治せる？　リムダさん？　猫って意外と見えないとこでトドメ刺してたりするから」

「……難しいですね。治癒魔法というのは、元々体力の少ない生き物には効きにくいんですよ。火竜くらい無駄に体力があれば、頭と心臓さえ無事なら割と何とかなるものなんですが」

それ、多分リムダさんだからだと思うんだ。さすが、戦い特化の火竜勢の中にあって、治癒魔法だけでレベル１０００を越えた人は言うことが違う。

リムダさんいわく、傷を治すには本人の体力を使うので、体力の少ない小動物はちょっと治癒魔法をかけすぎたりすると、体力が尽きて死んでしまうんだそうだ。

「るー……さむ、おなか、す……」

「えっ⁉」

オイラはギョッと蜂の獣人を見つめた。

今、確かに何か意味のある言葉が聞こえたような？

「ね、リリィ、マリル兄ちゃん。ものすっごい速いけど、何だか聞き取れない？　これオイラたちと同じ言葉だよね？」

速さ特化の二人にも確認してもらうと、驚いて顔を見合わせた。

「確かに、こりゃ何か言ってんな」

「もうちょっと元気になって、大きい声が出れば聞き取れるかも」

ハチ、はち、蜂、ビー？

「そうだ！」

オイラはひとつ手を打つと、地下の秘密の倉庫へと走った。取り出してきたのは、殺人女王蜂《キラークイーンビー》のローヤルゼリーだ。鍛冶素材として使うと、熱した金属をやわらかくする効果がある。

「食べられるかな？」

籠をコタツの上に移し、ローヤルゼリーを匙《さじ》ですくって蜂の獣人の口元にほんの少しくっつけると、ペロリと舌が出て舐め取った。小さな目が、パチリと開く。

フンフンと鼻を動かす口元に、もう一度。

コクリと喉が動き、蜂の獣人が身を起こす。

オイラはラウル用の小さな湯呑みにローヤルゼリーを入れ、蜂の獣人の口元へと近づけてみた。

黒目がちの茶色い目が大きく見開く。

「るー……きちょ。これ。じょおの。いい？」

聞こえた！

聞き取れた！

叫びそうになるのをぐっとこらえて、オイラは笑顔で頷いた。

目をうるうるさせてよだれを垂らさんばかりに見つめていた蜂の獣人は、一口ちろっと舐めてから……物凄い勢いで飲み干した。殺人女王蜂《キラークイーンビー》のローヤルゼリーは、蜂の獣人にとって、とても特別なご馳走だったらしい。

それから蜂獣人は、湯呑みにくっついたローヤルゼリーを名残惜《なごりお》しそうにペロペロと舐めて、せつなそうに眉を寄せて空っぽの湯呑みを見つめている。

「も、ない。おいし。ちからわく。も、ない」

思わず笑いそうになって、もう一度湯呑みにローヤルゼリーを垂らしてやると、今度は味わってじっくりと舐め始めた。

「ノアさん、この蜂さん？　が何を言っているのか、分かるんですか？」

あんまりスピードとは縁のないリムダさんが、不思議そうに尋ねる。

「うん、大体ね。なんかしゃべり方かわぃぃよ」

「リリにも聞こえた。さっきより、少しゆっくりになってる」

「あー、俺にも分かったかな」

口々に言うリリィとマリル兄ちゃんに対して、他の面々は首を傾げている。

「かわい？　あ、かわい？　あ、かわい、ちがう。かわい、は、おじょ」

うん、間違いない。しゃべり方は独特だし早いけど、この大陸の言葉だ。

「かわいいよ。君の名前はなんていうの？」

「あ、おす。おす、かわい？　あ、なまえ、つくし」

「つくしっていうのかぁ」

蜂の獣人のつくしが舐め終わった湯呑みに、再びローヤルゼリーを注ぐ。ローヤルゼリーの効果は抜群《ばつぐん》で、さっきよりだいぶ元気になったように見えた。

「で、なんでつくしはこんなとこで猫に捕まってたの？」

オイラの問いに、つくしは顔を赤くする。

「さむ。さむ。たすけ、ありがと」

寒くて体が動かなくて、うっかり捕まったってことかな？

もうすぐ霜月《しもつき》。霜が降りて虫は冬ごもりする季節だ。

「仲間とかはいるの？　なんなら家まで送ってくよ。実はオイラたちが気付いてないだけで、つくしみたいな獣人てけっこういたりするの？」

オイラの素朴な疑問に帰って来た答えは――

「なかま？　す、こわれた。さむ。さむ。あたらし、す、ひつよ。あたらし、す、でた、ししゃ。おっかけ、きた。へんじ、ひつよ」

「「……？　え、ええ～～っ!?」」

他の人たちを置き去りにしつつ、オイラとマリル兄ちゃんの絶叫が辺りに響いた。

「ちょ、どうしたんだい!?　説明してくれなきゃ分からないよ」

パワー型のテリテおばさんには、つくしの言葉は聞き取れないようだ。

「……ひょっとしたら、つくしが……ラウルの言う邪妖精ってやつかもしれない……」

『えぇっ!?』

ピョンと飛び上がったラウルの顔が、次第に険しくなる。グッと足を踏みしめ拳を握り込み唇を噛み――つくしへと飛びかかろうとしたところを、空中でキャッチした。

『離してくださいっ、ノアさんっ！　この人が邪妖精だというなら、僕は、僕は、ミュールのためにこの人を殺さないと！』

「しっかりしてラウル！　妖精は命を奪っちゃいけないんでしょ!?　そんなことをしたら闇に染まって別の存在になっちゃうって、前に言ってたじゃない」

『僕はどうなっても……！』

「いいわけないでしょ⁉」

ジタバタと暴れるラウルを傷つけないように手ぬぐいでぐるぐる巻きにするオイラに、リリィが不思議そうな目を向けた。

「妖精は、攻撃しちゃいけない？」

「うん、ラウルは来るたびに梅干しだったりご飯だったり持っててくんだけど。前に魚を勧めたらね、妖精には『調和を保つ』っていう役割があるから、命を奪ったり、いわゆる『動物』を食べることも出来ないって言われたんだ。牛乳とか蜂蜜《はちみつ》はギリギリ大丈夫みたい」

そこで納得したのが、かつてオイラも足を運んだ『妖精の森』の仕組みだ。

転移の魔法陣を通って『妖精の森』に入った者は幻術にかけられ、自分でもよく分からないうちに追い返される。さらに言うなら、『妖精の森』は『妖精の森』だけではなく人間世界に重なるように存在していて、正式な玄関である『妖精の森』を通過せずに、ふと『妖精の国』に落ちてしまう人間もたまに存在するらしい。そういう場合は記憶が丸っとなくなる幻術が自動的にかかるそうだ。

なんでそんな面倒なことをするのかと思っていたけれど、戦う術を持たない妖精たちの唯一の防御方法だったわけだ。

「落ち着いてラウル。つくしが言ってたんだよ。仲間と暮らしていた巣が壊れて、寒さを凌《しの》ぐ新しい巣が必要だって。多分、ダンジョンを新しい巣にしたい……のかな？　それで返事をもらうのにダンジョンを出たラウルを追っかけて来たみたい」

『ふぐっふぐぐ』

「ああ、ごめん、口まで覆ってた」

『……仲間、仲間がいるんですね。それじゃあ一網打尽《いちもうだじん》にしないと、僕がここで相打ち覚悟でつくしさん一人を倒しても犬死に……』

「ちょ、思考が怖い、目が澱《よど》んでるって。ちょっと待って落ち着いて、つくしの話ももうちょっと聞いてみよう？」

目が据わったラウルはもうしばらくグルグル巻きにしておくことにして、オイラはつくしに目を向けた。

「るー……、るーるー、るー」

何かを必死に訴えているつくしの言葉に集中する。

「つくし、じゃよ、ちがう。つくし、ハチ。ハチ、かぞく、だいじ。でも、す、こわれた。さむ。もっと、さむ、なる。あたらし、す、ひつよ。たすけ。ねが。おねが」

段々と早口になっていくつくしの主張はこうだ。

つくしたちは、蜂の一族でハンナ族という。本来は花の蜜や花粉、果実を集めて食料にしている種族だそうだ。

ハンナ族は、今まで大きな川の近くの洞窟に巣を作って暮らしていた。けれどその洞窟のあった山が川の工事で人間に崩され、これから寒くなるという時期に蓄《たくわ》えも巣も全て失ってしまった。

普通なら、そんな不運に遭《あ》ったら群れは全滅だ。

しかしハンナ族には、女神ハンナハンナの加護でとっておきの手段がある。

最も近い『試練の洞窟』に使者が向かい、そこにいる女神の使者に慈悲《じひ》を乞《こ》う。慈悲が与えられなければ、一族の総力をもって『試練』に立ち向かい、女神の使者を封じるのだ。そうすれば一族は『試練の洞窟』を新たな巣として授かる。

しかし女神へ逆らった罪として、女王の魂は『女神の花園』へ迎えられることは永遠になくなる。

……この『試練の洞窟』というのが、ダンジョンのことなのだろう。

つまり温度変化の少ないダンジョンは、蜂の獣人たちの緊急避難場所として代々語り継がれてきたということだろうか。慈悲というのはダンジョンの実り、おそらくダンジョンベリーのことだと思われる。

『嘘だ！　そんなのは出鱈目《でたらめ》です！　あのダンジョンはミュールが作ったもの。女神なんて知らない。僕たちノッカー族のものです！』

リリィに手ぬぐいを解いてもらっていたラウルが再び飛び出そうとして、傍らのマリル兄ちゃんに止められている。

「いや、そのつくしって坊やの言い分もあながち間違いじゃないかもしれないよ。少なくとも、蜂の獣人側からしたらね」

座り込んでじぃっと『予告状』と格闘していたミミィが口を開いた。

「ここに書いてあるのをそのまま訳すと、『我らが偉大なるハンナハンナよ願い奉《たてまつ》る。我らは飢え凍《こご》え使者の慈悲を乞う。対価に我ら全員の信仰と服従を捧げる。来《きた》る霜月十日までに返事がなければ使者の試練を乞う。対価に女王の魂を捧げる』ってとこかね。さっきの坊やの言い分を聞かなければ全く意味不明の文章だけど、つまりは霜月十日までに自分たちをダンジョンに受け入れるかどうか返事をよこせ、返事がなければダンジョンマスターに挑むと、そういうこったろうね」

目を丸くして固まったラウルは、『ミュールは使者なんかじゃ……』とボソボソ言っていたけれど、そこにミミィが追い打ちをかける。

「ここでアンタが蜂の獣人の信仰を否定しても何にもならないよ。加えて蜂の坊やを殺したところでやっぱりどうにもならない。肝心なのは、アンタが『邪妖精』だと思ってた相手がそういう思考回路でダンジョンにやって来るってことと、期限が来月十日……十一日後だってこと、向こうの提案を受けるか断るか、断るとしたらどうやって迎え撃つか、それだけだ」

全員が、気遣うようにラウルの小さな顔を見た。

泣き出しそうな顔で眉の間を寄せたり伸ばしたりしていたラウルは、グッと拳を握り込むと、ポソリと告げた。

『「受け入れる」と。そう書いてもらえますか……』

ミミィが描いた返事を携え、つくしは帰っていった。

ローヤルゼリーを前によだれを垂らしながらも、舐めるのを懸命《けんめい》に我慢して、「これ、おいし、もて帰る、い？　じょお、喜ぶ。みな、おなかす。い？」と尋ねるのがあまりに可愛くて、持てる限界までのローヤルゼリーも持たせた。

「ラウル、さっきオイラたちにダンジョンへ来て欲しいって言ってたよね？　皆でお邪魔してもいい？」

『本当ですかノアさんっ！　皆さんが来てくれるならとても心強いです！』

「つくしの前でうっかり『妖精は戦えない』って言っちゃったし……オイラたちで役に立てることがあったら手伝わせてよ。それでいい？　テリテおばさん？」

オイラが顔を向けると、テリテおばさんもニッと笑って頷いてくれた。

「あとさ、悪いんだけどミミィも」

「えぇ!?　あたしゃは色々とやることが」

ミミィはそう渋るが、もし蜂の獣人がまた飾り模様《タングム》の文章を寄越した場合、ミミィがいなくちゃ話にならない。無理を言ってでも、ミミィには同行してもらいたいのだ。

結局、高位竜のしっぽの骨十本で快く承諾してくれた。

『お願いします、絶対、絶対ですよノアさんっ。お待ちしてますからねっ』

ラウルは何度も振り返りながら、一足先にダンジョンへと帰っていった。

なんでも、『妖精の国』を通ると普通に旅するよりかなり早く移動出来るらしい。人間は『獣の森』の転移魔法陣経由でしか『妖精の国』へ行けないけれど、土の妖精であるラウルは土のあるところならどこからでも『妖精の国』に出入り出来るんだそうだ。

もしオイラも通れたら、もっといろんな所に行けていろんな素材を手に入れることが出来るかもしれないな、とオイラはちょっと羨《うらや》ましく思いながら見送った。

14 ヌール妃とカウラ

「それでね、ミミ師匠もノアたちに乞《こ》われてダンジョンへ行くことになったんだ。せっかく弟子にしてもらえたのに、置いて行かれたら何か月も修業はおあずけでしょ!? だからね、私も無理やり付いていくことにしたんだ! 父上も許してくれたし! ね、父上」

城に帰ってきた父上とユーリの話を聞いている最中から、僕――カウラの隣に座ってカップを持つヌール母さまの指先は、かすかに震えていた。

魔道具士の弟子になれたと嬉しそうに語るユーリ、笑みを浮かべそれを見守る父上。

いつもの微笑みの下で激情に揺れる母さまの瞳に気付かぬまま、楽しそうなユーリは「用意をしなきゃ」と手を振りながら弾む足取りで去って行った。

その姿が見えなくなって、一、二、三――二十秒。ヌール母さまの震える指先が、父上の胸ぐらを掴んでいた。

「ご自分が何をなさったかお分かりなのですか、ジェラルド様。ユーリ様を立太子《りったいし》するまたとない機会を台無しにされたのです！　ノア様がオムラ様のお子だと周知されれば、この上ないユーリ様の後ろ盾となったのに……ノア様を王都から逃がす？　ユーリ様を魔道具士に弟子入りさせ、ノア様の旅に同行させる？　ユーリ様の将来を閉ざされるおつもりですか」

いつも穏やかなヌール母さまが、声を震わせて父上に掴みかかるなど、いまだかつて見たこともない。

動揺《どうよう》する僕を尻目に、父上は胸元を掴む手を優しく両手で包み込み、母さまの目を覗き込んだ。

「分かっている、ヌール。お前がユーリを――大恩あるヨーネの唯一の子を、次代の王へと望んでいることは」

父上は、ヌール母さまをしっかりと抱き込むと、冷えた目で僕を見つめた。

「……騎士団に、魔獣大暴走《スタンピード》を収めたのがノアだと広めたのは、お前だなカウラ」

普段は鷹揚な父上の静かな怒りの声に、僕は首筋を伸ばして姿勢を正した。

父上の推察の通り、騎士団や貴族家にノアの噂を広めたのは、ヌール母さまの意を汲《く》んだ僕と騎士団総括――アベンシスだった。

「お前たちが、ユーリを次代の王にしたいと動いていることは承知している。しかし、お前たちはユーリ本人の意志を確認したのか？　ヨーネの恩に報いたい気持ちは分かるが、それゆえに目は曇《くも》っていないか？　お前たちの前にいるのはユーリだ、ヨーネじゃない」

父上の腕から抜け出そうともがいていたヌール母さまが、ピクリと体を震わせて動きを止めた。

しかし僕は、父上に聞きたいことがあった。

「あの、父上？　ヨーネ妃の恩というものを父上もご存じなのですか？　時たま、母さまがおっしゃっているのは知っていますが、具体的にはどういう……？」

僕が聞き及ぶヨーネ妃とは、ヌール母さまの姉で父上の正妃。大陸を股に掛ける大商会『赤羽屋』の後継、二千年もの間王家に従わなかった『フリントコーン』家の末裔《まつえい》。錬金術師の天才、人類学の権威。ユーリと瓜二《うりふた》つの美貌《びぼう》の持ち主で、天才故の奇行が多く、高慢《こうまん》で婚家に馴染まず、ユーリが産まれて一年でユーリを捨て王家を飛び出して行方知れずになった鼻持ちならない女性――というものだった。

それでもヌール母さまはヨーネ妃をとても尊敬し敬愛していて、母さまの言う『大恩』というのは父上との婚姻に関係しているらしい、と僕も理解している。

「カウラに話していなかったのか」

父上の腕の中、ヌール母さまの目が伏せられる。

「ヨーネは元々、先代勇者《おれ》のパーティメンバーだ。俺が英雄王と呼ばれるきっかけになった『不死の王』討伐の功労者の一人でもある。その討伐の際、被害者の一人だったヌールと俺は想い合うようになったわけだが、皮肉なことに勇者として生きるはずだった俺は、『不死の王』討伐の功績をもって次期国王に内定しちまった。つまり俺と結婚するということは次の王妃になるということ。王妃の条件は知ってるな？」

「……その婚姻が国益となること、ですね」

「当時十六、平民、妾腹《めかけばら》の産まれだったヌールに、その条件を満たすことは不可能だった。しかし、王家が二千年来求めて続けてきた『フリントコーン』の現当主、大商会の後継であり莫大《ばくだい》な持参金を用意出来るヨーネなら……その条件を満たせたんだ。平民という立場は同じだが、ちょうど災害が重なり国庫が破綻《はたん》しかけ、赤羽屋の資金は喉から手が出るほど欲しい時期だった」

しばらく思考が停止し、それからようよう絞り出した声は、自分のものとは思えないほど嗄《か》れていた。

「つまり、ヨーネ妃は……ヌール母さまのために王家に嫁《とつ》いだ、と？」

「姉妹で嫁ぐということは、王家には割とよくあることでな。嫁いできてからのヨーネは、徹底して貴族に嫌われるよう振る舞った。自分が嫌われれば嫌われるほど、『ヌール妃のほうがまだマシ』と言われることが分かっていたからだ」

淡々とした声とは裏腹に、父上の眉間には深いシワが刻まれていた。

「ヌールの母親は男爵家の令嬢だった。借金のカタに商家に買われたが、『お家』の存続を第一とする貴族にとって、『家を守るための身売り』は美談にもなり得る。ヨーネの評判が落ちるにつれて、ヌールの評価は上がっていった」

父上の腕に半分隠れた母さまの顔が、くしゃりと歪んだ。

崩れ落ちそうになる体を、父上の腕が支えている。

「姉さまに……ヨーネ姉さまに、ジェラルド様に嫁いでくださいとお願いしたのは私《わたくし》なのです。本来私は、妾腹としてヨーネ姉さまに仕えるために産まれたのです。私がヨーネ姉さまに仕え続け、かつジェラルド様の元にゆくにはそれしか道がないのだと。姉さまは、『自分のゆきたい場所に付いてこいとは、何と強欲な従者よ』と大笑いして、自身の人生に関わる一大事を快諾《かいだく》してくださったのです。そして、私を侍女としてではなく、第二妃としてジェラルド様の元に連れてきてくれた」

母さまの金色の目から零れた涙が柔らかな頬を伝い、父上の袖へと染みこんだ。

「平民の女が王妃であることに不満を持つ貴族は多い。上位貴族や王族から王妃を迎えるべきだとの声も強い。しかし王国法により、貴族平民を問わず婚姻時の持参金を返却せずに離縁することは出来ない。ヨーネの莫大な持参金は、当時起こった蝗害《こうがい》被害の復興資金に充てられ、既に俺の手元にはない。つまり行方知れずになって十二年が経とうと、ヨーネを正妃から外すことは出来ない」

父上は、ギュッと拳を握り込んだ。

「正妃がいる以上、新たな正妃を娶《めと》ることは不可能。また第一王子まで産んだ正妃の存在を史実から抹消《まっしょう》することも出来ない。側妃を娶るには正妃の承諾が必要だ。すなわち、『行方知れずの正妃』の存在が、ヌールを俺の唯一の妃に留めている」

苦虫を噛み潰したような父上の表情が、全てを物語っていた。父上もまた、ヨーネ妃を犠牲としたことに得心出来ているわけではない。それでも、それしか道はなかったのだと……

父上があえて言わなかったことも、僕には理解出来た。

おそらく王城にいた頃、ヨーネ妃は何度も殺されかけたはずだ。

野心ある貴族のほとんどが、自身の娘を王妃にし、外戚《がいせき》としての権力を手に入れたがっている。身分もなく離縁することすら出来ない正妃ならば、暗殺してしまえばいい。大抵の貴族がそう考えただろう。

ヨーネ妃の死、それは僕やヌール母さま、ユーリ、そして僕たちの弟のセーラの生死に直結する。新たな王妃にとって僕たちは目の上の瘤《こぶ》だ。王妃でもなく貴族でもなく、王太子の母でもない母さま。

より目障りな平民《ヨーネ妃》の存在が壁となり、僕たちへの悪意を防いできたのだ。

「先日、ユーリが『お願い』があると俺の元を訪ねてきた」

「魔道具について学びたいという話ですか」

僕の言葉に、父上はかぶりを振った。

「いや……自分は国王にはならない、と」

母さまが、ガバッと顔を上げ父上を見上げた。紅潮《こうちょう》していた顔から、徐々に血の気が引いていく。無理もない。今まで母さまがユーリを次期王にすべく、陰に日向《ひなた》にどれだけ尽力してきたことか。それが当の本人に全否定されたのだから。

「自分には国王になる意志も能力もないと。成人と共に継承権を放棄《ほうき》するつもりだと。自分は魔道具士になりたい。魔道具士になって人の役に立ちたい。国王には、他に相応《ふさわ》しい人物がいる。広い視野をもち、国を思い、民を思い、より良い先へと導いて行けるだろう人物が。自分は次期国王候補に関して意見を述べられる立場にないが、もし言わせてもらえるならば、次期国王にはカウラこそ相応しいと思っている、と」

「僕……ですか？」

ユーリはセーラを次期王に望んでいるに違いないと思っていた僕は、虚《きょ》を突かれ間抜け面をさらしてしまった。

「そんな、王子として育てはしましたが、カウラは王女です。王にはなれませんわ」

母さまの声に、僕も頷く。

そうだ。僕は女。男として育ち、男として学んできたけれど、生まれ持った性別はどうしようもない。

こんな態《なり》だから政略結婚の駒《こま》にすらならないだろうと自身の価値をいぶかしんできた。ただ母さまに『ノア様が男の子ならばカウラと結婚させてユーリ様の後ろ盾に』と聞かされて、なるほど自分にはそういう使い道があったかと納得さえしていたのに。

——自分が国王になるなんて考えたこともなかった。

「ユーリが調べたそうだ。俺も知らなかったが、王国法には女王を禁じる文言はないんだと。慣例的に、ただ男性が王に就任してきただけ。いやむしろ、男が権力を握れるように操作してきたとも言える。貴族女性には自ら動くことを『はしたない』と教えこみ、貴族夫人としての嗜《たしな》み、礼儀や所作、歌や楽器、刺繍《ししゅう》、装い、内政に関しての教育はしても、それを越える領分である経営や商売、専門技術に関しての学びを廃してきた。……そこに関して何か思うところがあるんじゃないか、カウラ？」

父上に目を向けられて、僕は思わず視線を泳がせた。

ユーリの母、ヨーネ妃が貴族に疎《うと》まれた理由は、『平民だから』だけではない。それよりもっと反感を抱かれたのは、彼女が『職業婦人だったから』で、さらに王妃となったのに『仕事を続けたから』だ。

そんなのはおかしい。平民の女性は普通に学び働いているのに、学べる環境にあるはずの貴族女性が学びや就労をセーブしているのは異常だ。この国はいずれ他国に取り残される——僕はそう、父上やユーリの前で熱く語ったことが確かにある。

「大陸でも五指に入る大商会で育ち、英才教育を受けてきたヨーネやヌールからしたら……貴族女性の在り方というのは、到底受け入れがたいものだっただろうな」

父上が、母さまを抱きしめる腕にぎゅうと力を込めた。

「カウラを男として育てようと言ったのはヨーネだ。王女に生まれたカウラを、人形ではなく人たらしめんと。『神の血をひく王族かもしれないからヨーネに盗られる』？　そんなものは口実だ。カウラが産まれた時点で、ヨーネはカウラがそうではないことを知っていた。ヨーネは自分の悪名を利用して、カウラに教育を与えようとしたんだ」

心臓がドクドクと音を立てた。

当時、それが最善だったのは分かる。

王女として育てられていたとしたら、僕は今の僕にならなかった。

でも……主君と崇める人に、我が身を犠牲にしてまで自らと子を守られたヌール母さまは……。

他の人には分からないかもしれない。でも僕たちはそういう生き物だ。主君に仕えるために存在している。

母さまがユーリを国王に推《お》すのは、贖罪《しょくざい》だ。狂ってしまいそうな自己をつなぎ留めるための。

「これが、ヌールがヨーネに感じている恩の正体だ。ヌールが、自分のために犠牲になってくれたヨーネに報いたいと思っているのは分かっている。だがしかし、そのためならユーリの意志を無視して良いという話でもないだろう？　ユーリはヨーネじゃない。意思を持つ一個の人間だ。ユーリ自身のことも考えてやってくれ」

母さまが、困ったような、なんだか妙に幼い顔で笑った。

「ああ、そうですわ、ユーリ様が魔道具士になりたいとおっしゃるなら、王城で魔道具を作っていただけば良いのです。私も、商売に全く興味のない次期会頭の姉さまに代わって会頭業をこなすのが使命でした。ユーリ様は国王となって魔道具を作り、カウラは代役となって国の運営をするのです。これならばユーリ様の意向も叶えられますわ」

手を打ってキャラキャラと笑う母さまの体の向きを変えさせ、父上は母さまと額を合わせた。

「本気で言っているのか、ヌール？　それが本気でユーリとカウラのためだと？　商家の会頭ならばそれでもいいだろう。だがユーリがなるのは国王だ。くだらない道楽にかまけて王の義務を放棄し、政治にも国難にも無関心だった愚王《ぐおう》だと、末代まで刻まれる汚名をユーリに着せる気か!?　カウラに一生日陰の道を歩ませる気なのか!?」

母さまが父上の胸にドンと手を突っ張った。

「ユーリ様の……ため？　そう言われて、そう説得されて、私は乳飲《ちの》み子のユーリ様を公爵夫人に託したのです。ヨーネ姉さまが行方知れずになった後、私は私の手でユーリ様を育てたかった！　けれど、私には身分がない。生母のいないユーリ様の後ろ盾にはなれない。ユーリ様が可愛いなら、しっかりした後見となれる公爵家に養育を任せるべきだと、ジェラルド様とお義父様にそう言われて！」

不信感に瞳を揺らし拒絶する母さまに、父上の顔が強《こわ》ばる。

「……その、結果は？　ユーリ様は平民の子と蔑《さげす》まれ、平民並みの教育しか受けられず、夫人の機嫌を伺《うかが》い身を縮めて生きてこねばならなかったのです！　私は間違っておりませんわ。至高の座につきノア様が支えてくだされば、ユーリ様は誰にはばかることなく自由に……！」

涙を飛ばして暴れるヌール母さまを、父上は力尽くでむぎゅっと抱き込んだ。

「すまなかった、すまなかったなヌール」

「ユーリ様は、姉さまの……双子牛の雌《フリーマーチン》に産まれたヨーネ姉さまに、奇跡的に授かった唯一のお子なのです。誰よりも幸せに……」

くぐもったヌール母さまの声が届いた瞬間、頭を殴られたような衝撃が襲った。

双子牛の雌《フリーマーチン》……聞いたことのないはずの単語が、半鐘《けんしょう》を掻き鳴らすように頭の中に響き渡る。

頭痛に耐えきれず、思わず眉間に手を当てた僕へ、父上の静かな声が届いた。

「それでも、決して手を出してはならぬものが、この世にはあるんだ。人の世の欲得尽く、権力尽くで手に入れようとしてはならぬものだ。お前たちが成そうとしていることは何なのか、そのために壊そうとしているのは何なのか。お前もユーリたちに同行し、その目で確かめてくるが良い……カウラ」

15　ダンジョンへ

「あれ？　ユーリ……と、カウラ？　それにご隠居《いんきょ》と満月《まんげつ》先生まで」

冬の出稼ぎへと出発する当日、オイラがテリテおばさんたちと待ち合わせ場所へ向かうと、そこにはなぜかユーリとミミィの他に、カウラと、騎士団で見たことある男の人と、近所の古道具屋『鶴亀堂《つるかめどう》』のご隠居と、手習い処の満月先生がいた。

「ああ、ノア、久しぶり。ユーリが『ミミ師匠が行くなら僕も行く』ってダダこねたんだって？　父上から聞いたよ。僕も父上から『世間を見てくるように』ってお達しでね、一緒に行かせてもらうことになったんだ。こっちはブルーム。僕の剣の師匠で、今回は護衛かな」

騎士というには妙に冒険者っぽい荒々しい雰囲気の牛の獣人が、火の付いていない紙巻きタバコをくわえたまま「よっ」と手を上げた。

その隣のご隠居も笑みを浮かべる。

「久しいのぉ、ノアちゃん。わしらはお目付役じゃ。世間知らずの王子たちが悪さするとかなわんからの。これでも、わしも昔は文官勤め、オーマンは騎士勤めをしとっての、ジェラル――ジェルー――んんっ、陛下《へいか》には信を得とるんじゃ。子どもばっかりをテリテ女史に押しつけるのは悪いからのぉ、手伝いも兼ねとる」

オーマンというのは満月先生の本名だ。ご隠居は痩《や》せてスラリと背の高い牛の獣人で、満月先生は真ん丸な狸の獣人。対照的な見た目の二人だけれど、よく店先の縁台で将棋を指していたりする仲良しだ。

「付いてくるのは構わないけど、結構強行軍になるよ？　ご隠居、大丈夫？」

姿勢は良いけどシワシワで骨張っているご隠居を心配すると、ご隠居はカッカと笑った。

「何、これでもその昔は土魔法使いにこの人ありと言われた魔法使いでな、まだまだ尻に殻《から》のくっついたヒヨッコ王子たちなんぞに負けんつもりじゃ。必要とあらばわしのことはオーマンが担ぐ。心配無用じゃよ」

「え？　担ぐの？　満月先生が？」

身長差がかなりある二人を見比べていると、そこにカウラも口を挟む。

「僕も付いていけなくなったらブルームが抱っこしてくれるから大丈夫だよ」

「え？　俺がですかい？」

いかにも初耳な感じで目を白黒させているブルームさん——長いからブルさんでいいや、の肩を、ユーリが慰《なぐさ》めるようにポンポン叩いている。

「っていうか満月先生、手習い処はいいの？　いつ帰れるか分かんないけど……」

オイラも十二歳まで通っていた満月先生の手習い処はいつも子どもたちで溢れ、今も確か四十人くらいが通っていたはずだ。

テリテおばさんの出稼ぎは一冬かかる。いくら何でも子どもたちを放っておいて良い期間じゃないだろう。

「ああ、それならね、ちょうどその期間手の空いた代理の講師が来てくれることになったから心配ないよ」

着流しで懐に手を入れた格好の満月先生が、無精ヒゲをジョリジョリと撫でた。

「いつまでなのかがハッキリ分からないのに、ちょうどピッタリ合う先生なんていたの？」

首を傾げたオイラに、ユーリがハイハーイと手を上げた。

「私の先生なんだよ。私が留守にする間手持ち無沙汰《ぶさた》だって言うから紹介したんだ。子ども好きだし、元々手習い処の先生になりたかったらしいから、喜んで引き受けてくれたんだ」

「へぇ、そりゃ確かにピッタリだね。……やっぱり銀月先生じゃないんだ」

銀月先生というのは、オイラが手習い処に行っていたとき、満月先生の補助をしていた銀髪の牛の獣人だ。

穏やかな人でオイラも好きな先生だったけれど、当時、オイラを養子にしたいと父ちゃんに申し出ていたらしい。最近知って驚いた。出来れば詳しい話を聞きたいと手習い処を訪ねたけれど、既に銀月先生は辞めていた。

オイラのつぶやきが聞こえたのか、満月先生が額にシワを寄せた。

「あー。彼はね、その昔オムラさんに世話になったとかで、ノア君が通っている間だけボランティアで手伝ってくれていたんだ。ノア君が卒業して、ここ二年は見ていないないな」

「そうなんだ」

養子の話といい手習い処にいた理由といい、銀月先生はオイラのために動いてくれているようなのに、肝心のオイラには何一つ説明してくれていない。なんだかザワザワしたものを感じたけれど、とりあえず今優先しなきゃなのはラウルの依頼だ。

オイラは確認するようにご隠居たちを見た。

「ここにいるってことは、事情は知ってるんだよね？」

「ああ、あらましはジェ――陛下に聞いた。目的地はソイ王国との国境の町、ソイミールの近くじゃという話じゃったが……何故、待ち合わせ場所が『無限の荒野』の入り口なんじゃ？　ソイ王国へ向かうなら王城を挟んで真反対ではないかの？」

首をひねるご隠居に、満月先生も頷いている。

ソイ王国は王都から見て西側、徒歩で一か月半、馬車でも半月以上の距離だ。オイラが直線距離を突っ走ればもっと時短出来るだろうけれど、同行者もいるし来月十日には間に合わない。ということは――

「ちょっと寄り道したいとこもあるし、近道を使おうと思って」

説明しようとした向こうで、ドゴォン！　という音と、続いてズシィンと重い音がした。

「マーリルー、ちょっと解体しとくれよ」

「だー、母ちゃん、こんな水場もないとこで仕留めるなよ。血抜き面倒だろ」

「あっちから向かってきたんだ、しょうがないだろ？」

「マリル落ち着いて」

土煙が収まると、そこには横倒しになったエルダーボアと仁王立ちして笑うテリテおばさん、怒るマリル兄ちゃん。それを宥めながら、収納魔法でスルッとエルダーボアを仕舞うリリィ。

「すっごい！　あんな大きな猪を一撃で倒したの!?　テリテさん最強！」

ユーリがピョンピョン飛び上がって喜ぶのに、褒められ慣れていないテリテおばさんが照れている。

「……あれ、騎士団なら一個師団が討伐に必要になるっていうAランク、エルダーボアに見えたんだけど……素手で張り飛ばしてたよね？　おかしいな、見間違いかな」

何やらブツブツとつぶやくカウラは、ハッと気付いたようにリリィに詰め寄った。

「テリテさんも凄いけど、それよりあのサイズを丸ごと空間収納にしまったよね、今？　あり得ない性能だよ。ねぇ人形娘、君、騎士団の補給部隊とかでアルバイトする気ない？　ううん、王子の権力で試験なしの正採用、給与も報奨も言い値で払うから」

「断る」

「えー、今なら君専用の高級馬車もつけちゃう」

「断る」

テリテおばさんにまとわりつくユーリ、リリィにまとわりつくカウラ。

その二人を、ご隠居が目を細め、顎髭を撫でながら見つめていた。

「まぁ、リリィの収納魔法なら時間が止まるから、今晩の野営で血抜きでも間に合うか」

「マリル兄ちゃんがご飯作ってくれるんでしょ？　お鍋《なべ》かポトフがいいなぁ」

「リリィに調味料と野菜も入れてもらってるから何とかなるだろ。ベーコンにしてる時間はねぇから野草も足して味噌《みそ》仕立てのボタン鍋かな」

今夜のメニューを相談していると、なぜか額を押さえたミミィが割って入ってきた。

「ちょ、ちょいとお待ちよ。今の、Aランク冒険者パーティでも手こずるっていうグレートボアじゃなかったかい？　ボタン鍋？　自分たちで食べるつもりなのかいっ!?」

「やだなミミィ、グレートボアじゃないよ」

「そうかい？　そうだよね、グレートボアなんぞ倒せた日にゃあ真っ先に冒険者ギルドに駆け込んで討伐申請してるよね。あたしゃの見間違い……」

「ほらミミさん、タテガミと後ろ足が白かったでしょ？　あいつはエルダーボアですよ」

マリル兄ちゃんがそう言うと、ミミィは数秒固まってから泡を飛ばした。

「グレートボアの上位種じゃないかっ！　肉より牙《きば》だろっ、討伐証明部位っ！」

「牙なんてダシにもならないし、うちの裏に行けば積んでありますよ」

「美味しいよね、エルダーボアのボタン鍋」

「うまいよな」

「……テリテさんちの常識は世間の非常識だよ」

なぜかプルプルしながら拳を握ってているミミィに、オイラたちは首を傾げる。美味しいものは誰が食べても美味しいと思うけどなぁ。

「まぁ、エルダーボアの話はさておいて。これからの道のりに関して改めて説明するね。あんまり他言しないで欲しいんだけど、この『無限の荒野』には、何か所か転移魔法陣があるんだよ。それを何個か経由して、ソイミールを目指す。地図を見るとソイミールからダンジョンまで丸一日くらい？　多分、霜月十日には間に合うと思うんだ」

「転移の魔法陣だって⁉　大賢者ルル様でさえいまだ成し遂げていない、あの幻の⁉」

カウラがオイラの肩を掴んで目玉が零れんばかりに目を見開く。

なんだか前にもどこかで聞いたセリフだなぁ。

カウラの背後では、ユーリとご隠居、満月先生にブルさんまでもが目を点にしていた。

「ノアちゃんや？　もう年かのぉ、今、転移の魔法陣と聞こえた気がしたが……」

聞き間違いかと白い耳をフルフルと動かすご隠居に、オイラはニッと笑う。

「聞き間違いじゃないよ。ジェルおじさんや婆ちゃんたちにも、あんまり広めないでくれ、って言われたから、ここだけの話ね。誰が作ったのかは知らないけど、魔物の領域には転移の魔法陣が隠されてることがあるんだよ。ただ、好きなとこに行けるわけじゃなくて、決まった場所と場所をつないでるだけだし、守りの魔獣もいるから、軍事利用とか商業利用は出来ないと思うよ？　カウラ？」

「は、はは。やだなー、なんのことかな？」

名指しすると、軍略がどうとか、流通革命がどうとかブツブツつぶやいていたカウラが、焦ったように視線をそらした。

一方で、ユーリは「どんな魔法陣かな？　魔道具かな？　師匠はもう見たことあるの？　すっごーい」とミミィと盛り上がっている。

「あたしも、ノアちゃんから聞いたときにゃまさかと思ったよ。あたしも『無限の荒野』に出入りして長いけど、そんなものまったく気付かなかったからね」

肩をすくめるテリテおばさんに、マリル兄ちゃんもウンウン頷いている。

「転移の魔法陣があるとこには、なんでかアダマンタイトが多いんだよ。オイラはそのにおいを辿っていっただけ。テリテおばさん、アダマンタイトなんて興味ないでしょ？　もし転移の魔法陣の側に栗とか蜂蜜とか多かったら、テリテおばさんのほうが先に見つけてたと思う」

テリテおばさんは熊の獣人だけあって蜂蜜が好物だ。養蜂《ようほう》もしていて、蜂にも詳しい。熊の嗅覚《きゅうかく》は犬よりかなりいい。もしテリテおばさんが、アダマンタイトのにおいを覚えたなら、オイラよりも多くの転移の魔法陣を見つけられるかもしれない。

「さぁ、間に合わなかったら大ごとだ。気合い入れて行くかね」

どごぉぉぉぉんっ
「よっこらしょ」
どっしーん
「はい次」
めきょっ
「ほらほら急いでー」
べちんっ
『無限の荒野』の百腕巨人《ヘカトンケイル》を殴り飛ばし。転移した先の『風の大砂漠』の蠍女神《セルケト》をしっぽを掴んでぶん回し。さらに『霧の森』の魂食い竜《ニーズヘッグ》の鼻面に拳をぶち込み、『暗闇のダンジョン』の悪夢の王《パズズ》をたたき落とし、巨人の母《アングルボザ》には腕相撲で圧勝した。
誰がって、それはもちろん。オイラんちのお隣の農家のおばさんだ。
確かに思っていた。ご隠居に満月先生もいるし、転移の魔法陣の守りの魔獣を速さにまかせて避けて通るのは厳しいかなー、と。
でも、まさか転移の魔法陣を守る魔物、その全てを一撃で沈めるとか思わないじゃん？
オイラが思わず黙っていると、テリテおばさんはポリポリと頬をかく。

「さすがSクラス魔獣だね。威嚇《いかく》じゃ気絶してくれなかったから、直接殴るしかなかったよ。魔法陣を守ってるだけなのに、悪いことしたかねぇ」

うん。なんだか基準がおかしい。Aクラス以下なら殴りもせずに気絶させられるってこと？

オイラでさえ呆気《あっけ》に取られたんだから……

「あは、あははは」

「すごいすごーい」

「……ひっく」

カウラは乾いた声で笑ってるし、ユーリははしゃいでるし、ミミィに至っては変な声でしゃっくりしている。

「いやあ、『冬のテリテ』の戦いがこの目で見られるとはのぉ。聞きしに勝る女傑《じょけつ》じゃわい。なんまんだぶなんまんだぶ」

「マーシャルが惚れるわけですな。私とて、今少し若かったら手合わせ願いたいところ」

なぜかご隠居と満月先生はテリテおばさんを拝んでいるし。

「俺、俺……生きてんのか？　そうか夢か。ヘカトンケイルにセルケトにニーズヘッグ……。出会っちまったら、確実に死ぬSクラス魔獣が……単なる拳の一撃で……」

ブルさんは灰になっている。横から風が吹けば、さらさらと崩れていきそうだ。

「母ちゃん、これって食えんの？」

「マリル、さすがに食べる気しない」

「自分の仕事を頑張ってただけなんだ、畑荒らしと一緒にするんじゃあないよ。申し訳ないけど、眠ってる間に、ちょこっと通らせてもらおう」

慣れというかなんというか。マリル兄ちゃんとリリィ、テリテおばさんは通常営業で転移の魔法陣を通り抜ける。

あまりに一方的な展開に申し訳なさがつのり、せめてもと『無限の荒野』で手に入れた回復の柿をそっと置いてきた。

そんなこんなで、転移の魔法陣を通過するのは呆気なさすぎるくらい順調だった。

でも、『暗闇のダンジョン』でローヤルゼリーや蜂蜜を多めに確保したり、寄ったソイミールの街でもめ事に巻き込まれたり……ちょっと色々あって時間を食い、オイラたちがラウルのダンジョンに辿り着いたのは、出発から十日後。期限である霜月十日の前日のことだった。

16　タヌキのひとりごと

俺は、誇り高きマンティコア。名は、タヌキ。

繰り返すが、俺はマンティコア。元は、『竜の棲む山脈』に住んでいた。一度魔物の領域を出た魔獣は、元の魔物の領域には戻れない。しかし、魔物の領域で魔素を吸収出来ないと、魔獣は段々弱くなっていく。

坊主にいつか勝つためにも、弱くなるわけにはいかない。

そこで俺は、近場の『無限の荒野』へと通い、鍛錬を重ねる一方、坊主と小娘が魔物の領域に行きそうなときには、荷物に紛れて付いていくことにしていた。

なにせ坊主はガンガン強くなっていく。鍛冶場までやってきた高位竜を片手であしらっていたときには、空いた口がふさがらなかった。

坊主の首にはチギラモグラという魔獣がくっついている。このチギラモグラ、パーティ全体に獲得経験値五倍、とかいうユニークスキルを持つ。

そしてなぜかこのチギラモグラ、俺のことを気に入ったのか俺を坊主のパーティ認定してくれている。坊主が竜に勝つたびに、俺のレベルも上がっていく。が、口を開けて坊主のおこぼれを待っているようでは永遠に坊主に勝てない。

俺は、常に強くなる道を模索していた。

そんなとき、坊主と小娘が、また出かける準備をしていた。

最近、坊主は警戒していて、荷物に紛れ込み辛くなった。そんなわけで、今度は小娘の荷物に紛れ込む。道中で俺が荷物に入っていることは小娘にバレたが、意外にも小娘は、坊主に内緒で俺をかくまってくれるらしい。

俺は知っている。小娘は、実は肉が苦手だ。それをいまだ坊主にも言い出せずにいる。ダンジョンでのキャンプ、それもお隣の狼少年や大熊が一緒ともなれば、キャンプの主食は肉になる。小娘は肉を食べたふりをして、こっそりと荷物の中に落とし、それを俺がいただく。これこそギブアンドテイク。ウィンウィンというやつだ。

——そうこうしている内に、坊主たちはひとつの街に辿り着いた。どうやら、ここでも一泊するらしい。

坊主たちと別行動をとった小娘が、俺を森の縁に置いた。

「今夜は宿での食事。多分、そんなにお肉あげられない。何か獲って食べてきて」

小娘は、時々俺が言葉を解していると分かっているかのような行動をする。普通、猫を森に放したら、戻ってこないと思うんだが……

小娘はそのまま街へと去って行った。

まあいい、それじゃあ鳥でも狩るとするか。

蛇《へび》もそこそこ旨いが、やはり、鳥が一番旨い。まぁ、ダントツは坊主が調達してくる竜の肉だが……こんな人の街の近くの森で、魔獣に出くわそうというほうが無理だろう。

そう思ったとき、なぜか魔物の気配を感じた。

それも、弱い、弱い、今にも消えそうな魔物の気配だ。

なんとはなしに、俺はその気配に惹《ひ》かれるものを感じた。

気配を辿って、森の奥へと踏み入ると……その魔物の気配と同時に、複数の人間の気配も感じた。

「ちっ、この能無しがっ！　よりによって、こいつぁ綿毛猫の中でも希少種だぞっ⁉　それを何の考えもなく殺しやがって！」

「だって兄ぃ、噛みつきやがったんですぜ⁉　見てくんなさいよこの歯形」

「ちっこい見た目に油断したお前《め》ぇが悪い、ありゃあ魔獣だぞ⁉　お前の血がちっとばっかし流れたからなんだってんだ。売るとこに売りゃあ、二千両はくだらねぇシロモノだってのに！」

「二千⁉　そんなにするモンなんですかい？」

「希少種だ、っつってんだろ！　貴重な綿毛猫の中でも、千匹に一匹いるかどうかの三毛《みけ》の雄だ。それを、噛まれたくれぇで考えなしに叩き付けやがって！　もういい、死んじまったものは今更何言ったって生き返りゃあしねぇんだ。他の綿毛猫は殺すんじゃねぇぞ！　希少種の三毛にゃあ及ばねぇが、それでも一匹百両はくだらねぇんだ」

「へいっ」

どうやら、小さな魔獣を何匹も檻《おり》に入れて、獣道を運んでいる最中のようだ。その過程で、誤って一匹殺してしまったらしい。俺が本性を現せば、人間を蹴散らし、あの小さな魔獣たちを助けることも難しくはないだろう。

坊主なら、きっと助けるのかもしれない。けれど、魔獣は魔獣に無関心だ。自分へのメリットもなく、他の魔獣を助けたりはしない。はずだ。

……男たちが去った後に、白黒の、小さな魔獣が落ちていた。

小さな小さな魔獣に、赤い、血が滲んで。

ぞわり。と、毛が逆立つのを感じた。魔獣を助けるとか関係ない。苛立《いらだ》ちまぎれに、あの立ち去った人間たちを八つ裂きにしてやろうか。

そう思い踵《きびす》を返した瞬間、目の前に、小さな綿毛が飛んでいるのに気付いた。

「んにっ？」

そのとき、俺の脳裏に、テイムのときのような表示が現れた。

『綿毛を受け入れますか？　ＹＥＳ／ＮＯ』

……それを見たとき、本能が告げた。

これは受け入れるべき。強さにつながる、と。

迷わずにＹＥＳを選択する。

その瞬間、綿毛は仄かな光と共に俺の中へと溶けていった。俺の胎《はら》の中で、綿毛と俺がつながっていく。俺の体と魔素を材料に、新たな魔獣の体が形作られていく。

俺は知らないはずの知識を理解した。

この魔獣は綿毛猫。弱く小さな魔獣だが、命の危機に際して綿毛を飛ばし、受け入れた魔獣の胎で自身を再構築する特殊能力を持つ。綿毛猫のユニークスキルとして、綿毛を受け入れた母体に、その時点で全ステータス二倍の効果を発揮する。プラス、子猫を育てている間（授乳中）は、幸運値に補正がかかる。そしてこの綿毛猫は、希少種、三毛猫のオスだ。子猫の気まぐれ次第だが、戦闘中、母体に攻撃値ブーストをかけることまである。

これほど好条件の貸し胎が、またとあるだろうか。

魔獣には、魔獣同士の助け合いなどない。もしあるとしたら、それは、完全なるギブアンドテイク。

そして、魔獣《おれ》が求めるのは強さ。綿毛猫《こねこ》が求めるのは、成猫になるまでの庇護《ひご》。

完璧なまでの利害の一致だった。

17 ミュールのダンジョン

ラウルの言っていたダンジョンは、ソイミールから大きな山をひとつ越えた場所にあった。地図上の直線距離以上に、山を迂回してきたぶん時間がかかってしまった。

そんなわけでようやくダンジョンに着いたとき——

入り口には、黒い靄《もや》がかかって見えた。

ぶーん、という鈍い重低音が辺りに響いている。

「うわ……あれ全部、蜂の獣人かよ？」

思わず呻いてから、マリル兄ちゃんは両手で口を押さえた。

幸いその声は届かなかったようで、黒い靄はダンジョンに吸い込まれるように薄くなり、消えていった。

「期日は明日のはずだよね？　明日話し合うんじゃないの!?」

「待ちきれなくなったんじゃねぇか？　今朝、霜が降りてたよな？　普通なら蜂は巣箱にこもって出てこなくなる時期だ」

マリル兄ちゃんがぼりぼりと頭をかく。

確かに今朝は外がうっすら白くなっていた。霜月とは霜が降りる月だ。寒さに弱い植物は枯れ、動物が冬眠し、虫を見なくなる季節の境目だ。

「どうするの、ノア？　小さいとはいえ凄い数だったよ？　真っ向勝負するつもり？」

カウラが眉を寄せてオイラを見る。

「蜂ってなぁ数万からの群れだからねぇ。分蜂《ぶんぽう》なら半分に分かれるけど、巣が壊れたってんなら、そっくりそのままの数がいるんだろうよ」

テリテおばさんが、やれやれ、といった感じで首を横に振る。

蜂は蜂でも、蜂の獣人だから、普通の蜜蜂と完全に同じってわけじゃないだろうけど……

「数万!?　大きな町と同じ規模……軍だったら、国王親征レベルの大軍ですぜ？　そんなのかき分けてダンジョンマスターを探そうって？」

ブルさんがわしゃわしゃと黒い髪をかき混ぜ始めたとき、背後から小さな声がかかった。

『ノアさんっ、ノアさんっ』

振り返ると、樹の陰から小さな手が手招きしていた。

「ラウル？」

『ああ、ノアさん、来てくれて良かった！　僕だけじゃ、もう、パニックで！』

「まだミュールちゃんのとこは無事？　遅くなってごめんね」

『とんでもない、来てくれただけで本当にありがたいです。こっちにミュールのところへつながる裏口があります。皆さん、とりあえずこちらに……』

ラウルの後に付いていくと、森の木々に隠れるように、オイラが普通に通れるほどの大きさの扉《とびら》が岩壁に付いていていた。

言われて見ないと気付かないほど、巧妙に岩壁に擬態してある。

……これって、テリテおばさん通れるのかな？

『こっちです』

先導するラウルに、オイラとリリィとミミィは普通に、ユーリとカウラと満月先生は猫背気味、マリル兄ちゃんとブルさん、ご隠居は中腰で、テリテおばさんはそれこそ四つん這《ば》いでなんとか通り抜ける。

『すみません、ノアさんを想定して用意していた通路なので……。こんなに大きい方がいらっしゃるとは思ってなかったものですから』

「気にすることたぁないよ。ちょびっと窮屈《きゅうくつ》だけどね。まさか、ミュールちゃんの部屋ってのも狭いのかい？」

テリテおばさんの笑顔が引きつっている。

確かに、妖精の少女の部屋というと、ままごとの人形の家のような可愛らしいものが思い浮かぶ。っていうかそれ、オイラとリリィでも入れないよね？

『大丈夫です。ミュールの部屋は妖精サイズですが、続きの間が広くなってます。ダンジョンの魔物がたくさん来ることもあるので、かなり広めに作りました！』

「そっか、ここのダンジョンにも魔獣がいるんだよね。その子たちに戦ってもらうことって出来ないの？」

オイラの質問に、ラウルがもにょもにょとした微妙な顔をする。

『それが……なんて言えばいいのか……ダンジョンて、そのダンジョンによって特色があるじゃありませんか。例えば、灼熱《しゃくねつ》のダンジョンとか雪原のダンジョンとか荒野のダンジョンとかアンデッドのダンジョンとか』

「そうだね、オイラたちもここに来る途中で『暗闇のダンジョン』を通って来たし。ミュールちゃん？　のダンジョンには何の特色があるの？」

ラウルは言いづらそうにもじもじと両手の指をこすり合わせた。

『ミュールのダンジョンは……その……もふもふなんです』

「え？」

聞き取れなかったオイラが思わず聞き返すと、ラウルは思い切ったように叫んだ。

『小さな魔獣ばかり集めた、もふもふダンジョンなんです！』

「……もふもふ？」

「そりゃあ戦ってる絵面は見たくないね……」

「蜂の獣人とならば……いや負けるかのぅ」

チラリとリリィのリュックに目をやったご隠居がゆるく首を横に振った。タヌキがいっぱいだったら、それなりにいい勝負になりそうだけど。

全員が微妙な表情になったところで、ラウルが言った。

『ま、まぁ、僕がアレコレ言うより、実際に見てもらったほうが早いと思います。もうすぐ、ミュールの部屋へ着くので』

辿り着いたのは、柔らかな緑色の空間だった。巨大な樹の洞《うろ》のような、テリテおばさんが十人いても、ゆっくりくつろげるほどのスペース。

柔らかな光が降り注ぎ、壁や地面にも厚いコケが生え茂っていてフカフカしている。ところどころにカラフルなシダ植物も顔を覗かせ、霜の降りた初冬の外に比べれば、嘘のように温暖で快適な空間だ。

小さな茶色いリスのような生き物や手のひらサイズの白い兎っぽいものが身を寄せ合って木の実や苔を食べたり、コロコロぽてぽてとじゃれ合ったりしている。

ムチャクチャ可愛いけど……確かに戦えってのは無理がある。

その巨大な洞《うろ》の一角に、場違いなパステルオレンジのドアがあった。

そして『それ』は、そのドアを勢いよく開けて現れた。

『このクソ兄貴！　いったいぜんたいどういうつもりだ⁉　ダンジョンマスターの部屋に、こんなにゾロゾロ人間を連れてきやがって！　人間の手を借りるなんて、俺様は反対だっつー！』

それは全長15センチほどの、黄色のクマのぬいぐるみだった。

「「「……」」」

あんまりな出来事に思考が停止し、全員が目を点にしていると、申し訳なさそうにラウルが頭を下げた。

『すみませんすみません。ミュールは人間嫌いというか人見知りで……。今回、ノアさんたちを紹介すると言ったら、お気に入りのぬいぐるみの中に閉じこもってしまったんです。ミュール本来のしゃべり方もコレとは違うんですが、クマのキャラクターになりきってないとまともにしゃべれないらしくて』

黄色のクマがふんぞり返り、ビシッとこちらを指差し……てるつもりなんだろうけど、もったりとしたぬいぐるみの腕がこっちに向いてるかなー、といった感じになっている。

その足下に、コロコロぽてぽてと小さな魔獣たちが集まってきて、絵面だけならほんわりした絵本のようだ。

『俺様は人間なんか信用しねーんだからな！　友だちだから無償《むしょう》で助ける？　人間がそんなことしてくれるわきゃねーっつー。レプラコーンのじいちゃんズが人間に追っかけ回されてどんだけひでぇ目にあったか、兄貴だって知ってるだろうに』

『妖精にも色々いるように、人間だからって一括《ひとくく》りに悪いわけじゃないんだよ、ミュール』

ラウルはそう言うけど……うん、まぁ、人間も色々だし、妖精を捕まえようって人もいるのは確実だと思う。レプラコーンを捕まえると願いが叶うっていう昔話もあったし。

「大丈夫だよミュールちゃん。オイラ、ダンジョンに武器を納める代わりにダンジョンに放棄された武器の破片をもらってるんだ。普通じゃ手に入らない金属とかもあって凄い楽しいんだよ！　だからオイラにとってノッカーはお得意さんで、ウィンウィンで、いなくなっちゃ困るんだよ。役に立ったら、ミスリルとか妖精にしか見つからないような素材とかもらえないかなーって下心もあるから、安心して頼って！」

「それのどこに安心要素があるってんだよ！」

すぱこーーん、とミミィのハリセンが頭にヒットする。

黄色のクマはもったりとした腕を組んだ。

『ミスリル？　ミスリルってんなら、ダンジョンの壁はほとんどミスリルだぜ？　古いダンジョンにゃアダマンタイト使ってるとこもあるな。俺様たちノッカーは腕の良い鉱夫だからな、金属ならお手のモンだっつー』

「えっホント⁉　これ岩壁とかじゃないの⁉　ダンジョンの壁がミスリルとか初耳！　壁ひとつ持って帰っていい⁉」

目を輝かせて壁へ手を当てたオイラの頭を、再びミミィがすぱこーーんと叩く。

「良いわけないだろ！　時と場合を考えな！」

「ああ、そうだった。もうハンナ族――邪妖精が来てるんだよね」

『そうだ、そこが俺様がアンタらを信用しねぇ主な理由よ。兄貴は甘ちゃんだから人間なんかに簡単に騙されやがんだ。アンタらが解読した邪妖精の予告状には、「霜月十日までに」って書いてあったっつーんだろ？　それなのに、邪妖精はもうダンジョンに来てやがる！　アンタらがテキトーこいたからに決まってんだ！』

「おかしいねぇ、あたしゃが見た文章には、確かにそう書いてあったんだけどねぇ」

片眉を上げて首を傾げるミミィに、黄色のクマが胡散臭《うさんくさ》そうな視線を向ける。

『あんたは？』

「邪妖精の予告状ってやつを解読した、魔道具士だよ。またぞろ手紙が来ないとも限らないからって、仕事があるってのに無理やり連れて来られてね、正直いい迷惑さ」

『けっ、あんたがうちの兄貴をだまくらかしたイカサマ師か』

黄色のクマの言葉に、ミミィの眉毛がピクピクと痙攣《けいれん》する。

「はぁ!? こちとらこんな辺鄙《へんぴ》なとこまで引きずってこられて商売上がったりなんだよ! ノアちゃんに頭ぁ下げられたから付き合っちゃみたけどね、こんな礼儀知らずな布っ切れを守ってやる義理はないよ。無駄足だったね、あたしゃは帰らせてもらうよ」

『けっ、帰れ帰れ』

『ちょっ、ミュール! すみません女将さん。ミュール、帰ってすぐにちゃんと説明しただろ? 邪妖精っていうのは蜂の獣人だったんだ。手紙を取りに来たメッセンジャーと、僕も会ってる。女将の作り話なんかじゃないよ』

ラウルのその言葉に、オイラは何かもやっとした嫌な予感を覚えた。

「ねぇ、そういえば、ラウルがこっちに帰ってきたのって、いつ?」

『え? 五日くらい前、ですかね?』

何でそんなことを聞くんだろう、といった感じで不思議そうに答えるラウルに、ユーリが目を丸くする。

「すごい速いね! 私たちですら、転移の魔法陣を使いまくって十日かかったのに!」

『それはもう、急ぎましたから。何かに追いかけられてるような気がして、怖くて怖くて』

あー。なんか、オイラの嫌な予感が的中したかも?

「ねぇ、ラウル？　『妖精の国』を通ってきたんだよね？　それって、追手をまくような感じで帰って来た？　例えばお店の玄関から入って裏口から抜けたりとか。知り合いのうちに入ってトイレから抜け出したりとか」

ラウルはきょとんと頷いた。

『ええ、もちろん。全力でそんな感じのことを』

「あちゃあ」

思わずうずくまって頭を抱えたオイラを、他の面々が不思議そうに覗き込む。

『どうしたんですかノアさん？』

「つくし……ラウルたちが言うところの、邪妖精のメッセンジャーは、ラウルの後を追ってうちまで来たんだよね？　ラウルよりちっちゃい体長10センチくらいの蜂の獣人だよ？　普通の人間でも一か月、早飛脚《はやびきゃく》でも半月かかる王都からこのダンジョンまでの道のりを、まともな手段で行ったり来たり出来ると思う？」

「ん？　まあ、無理じゃない？」

まだよく分かってなさそうに、ユーリが首を傾げる。

「オイラが思うに、来たときと同じような道を通って、女王バチのところに帰る必要があるはずなんだよ。つまり、ラウルの後をつけて妖精の国を通って」

「「『あ』」」

オイラの意図するところを理解して、みんながいっせいにラウルの顔を見る。

『ひょっとして僕は、僕の後を追っているつくしさんを妖精の国に置き去りにしてきた……わけですか？』

「多分」

『それの何が問題だっつーんだよ？　邪妖精なんか連れて来なくて正解じゃねぇか。まして、妖精の国の抜け道を、邪妖精なんかに教えてやってたまるか、っつー』

黄色のクマが、不本意げに腰に手を当てて小首を傾げる。

「うん、だからあえてオイラもラウルに言わなかったんだよね。つくしが後をつけてくだろう、って。妖精にとって、『邪妖精』を妖精の国に手引するなんて許せることじゃないと思ったから。でも、それがこんな裏目に出ちゃうとは……。オイラの想像だけど、ラウルって、オイラんとこ来るときも、わざわざダンジョンの外に出てから妖精の国に入ったりしなかったでしょ？」

『ええ、それはもちろん。ダンジョンの中から妖精の国に行けます』

「ってことはさ、つくしがラウルを追えたのは、ダンジョンの中に既に蜂の獣人の斥候《せっこう》がいたからだと思うんだ。ダンジョンの中にラウルが戻って来た。それなのに使者に出したつくしは戻って来ない。捕らえられたのか殺されたのか……。蜂の獣人側から見たら、それってもう宣戦布告されたのと変わらないと思うんだよね。期限を待たずに攻撃して、つくしを救出しようって気になったとしても……しょうがなくない？」

「「「『！』」」」

その場にいた全員、黄色のクマ……ミュールちゃんまでもが愕然とオイラを見たとき、周囲に警報音が響き渡った。

『ちっ！』

黄色のクマが舌打ちと共に近くの壁をドンっと……もとい、もふっと叩くと、壁にダンジョンの別の部屋が幾つか映った。

「すごい！　何コレ、どういう魔道具？　補助魔法も使ってる？　王城の探知魔法だって魔力を点で見るのがせいぜいなのに。こんなリアルに、しかも複数の場所を映せるだなんて！　ぱっと見、魔道具の模様《タングム》も見当たらないし、どういう仕組みになってるの⁉　教えて！」

『なに呑気《のんき》なことぬかしてやがんだよっ？　美人はアホってなぁホントだな。警報が鳴ったってこたぁ、ヤバイ状況だって、ちったぁ気付きやがれ！』

興奮のまま壁に走り寄ったユーリの頭に、黄色のクマの飛び蹴りが、げしっともふっとヒットする。

「ヤバイ、ってどんなくらい？」

『この画面に映ってるなぁ、ここ、つまりダンジョンマスターの部屋につながる通路なんだよ。さっきアンタが言ってた、ダンジョン内に斥候がいたってなぁホントかもな。こんなに早く秘密の通路に侵入されるたぁ思わなかったぜ』

「通路を塞げばいいんじゃないの？」

後頭部をさすりつつ、何言ってんの？　といった感じでのたまうユーリの膝裏に、またしても黄色のクマの飛び蹴りが炸裂《さくれつ》する。

『かーっ、これだからトーシロはっ！　俺様はダンジョンマスター、ダンジョンの力の源なんだっつー！　俺様と道がつながってねぇとダンジョンにいるチビどもはみんな窒息《ちっそく》して、数分で死んじまうんだよっ！』

「チビどもって……」

視線を下げた先にいるのは、コロコロもふもふと集まってきた手のひらほどの小さな魔獣たち。

黄色のクマは腰に手を当ててプイッと横を向いた。

『こいつら見殺しにするくらいなら、俺様が邪妖精に丸かじりされたほうがまだマシだっつー』

それまで冷めた目で黄色のクマを見ていたカウラが、薄く笑った。

「へぇ。馬鹿だとは思っていたけど、思っていたより馬鹿だったね。誰より守りたい主に、身を犠牲にして守られた臣下の胸中も慮《おもんぱか》れないなんて。体は無事でも、心は壊れるしかない。そんな人を僕は身近に一人知っているよ」

『なっ』

思いもしなかったんだろう。愕然とした黄色のクマの足下では、小さなもふもふたちが心配そうに彼らの主を見上げていた。

『け、けどよ、野良ダンジョンになってもチビどもは生き残れるっつー』

「王が考えるべきは、いかに少ない犠牲で自分も民も生き残るかだ。自己犠牲なんてくそ食らえ。この子たちもラウルも、君に生きて欲しいと思ってる」

押し黙った黄色のクマの元に小さなもふもふたちが集まり、クマはほとんどもふもふに埋もれた。

それを見たカウラの目元が、フッと緩んだ。

「まぁ、王には相応しくないけど、そういう馬鹿は嫌いじゃないよ。僕はノアほどお人好《ひとよ》しじゃないから、ユーリを足蹴にしたクマなんて助けてやる気はなかったけど……とりあえず、くだらないプライドとか棄《す》てて目の前にいる人間を利用してみたらいいんじゃない？　信用出来ようと出来まいと、チビちゃんたちを助ける道具になるなら構わないじゃないか」

18　邪妖精捕獲大作戦①

黄色のクマは固まっていたけれど、時間がない。オイラは胸の前でパンと手を打った。

「じゃあ、蜂の獣人を捕まえる作戦を立てようか」

オイラの言葉に、ラウルは一回頷いた後、え？　とこっちを見る。

『捕まえる、んですか？　戦うとかではなくて？』

「戦って一人でも殺しちゃったら、ホントのホントに全面戦争だよ。家族を殺された恨みは、どんな理屈を並べられても忘れられるようなもんじゃないからね。話し合いなんておじゃんだよ」

『まだ話し合うなんてことが可能なんですか？』

「まだ、どっちもどっちもを殺してない状態なら大丈夫だと思うんだ！　ってなわけでラウルは、すぐに妖精の国で通って来た道を逆に辿って、つくしを確保してきて！　オイラたちは、蜂の獣人たちを捕獲。ミュールちゃんは、ここからダンジョンの各場所を把握しつつ、全員に指示を飛ばして。……ねぇ、ユーリにミミィ。頼みたいことがあるんだけど」

「「……え？」」

突然指名されたユーリとミミィが、変な声をあげた。

「ジェルおじさんが自慢してたよ？　ユーリの補助魔法はルル婆の折り紙付きだって。クヌギ屋の女将に付いて魔道具の知識も合わされば鬼に金棒だって。普通の虫かごなんかじゃ蜂の獣人を閉じ込めておくことは出来ないだろうけど、ユーリの魔法なら大丈夫、大船に乗ったつもりで任せておけ、って言ってたよ」

以前、エスティとオイラの戦いを見に来たルル婆が展開していた『防御障壁』というのは結界魔法で、分野としては補助魔法に当たるんだそうだ。つまり、ユーリの得意分野。

「ちょっ、ちょっ、褒めてくれるのは嬉しいけど！　確かに僕の魔法で作った檻なら可能だってのは認めるよ？　でもそれはあくまでも、魔道具や触媒のそろった王城ならって話だよ」

あわあわするユーリに、オイラは今度はミミィへと目をやる。

「出来るよね？　ミミィ？」

「無茶ぶりが過ぎるよノアちゃん。まぁ出来るけどね。簡単な範囲固定の魔道具なら、ほら」

ミミィは空間収納をわさわさ漁《あさ》って、中から2センチ角ほどのサイコロ状の箱を六個、取り出した。

それをぽいぽいっとユーリの手のひらに乗せると、ユーリは目を丸くする。

「たっ、確かに魔法の檻を作るのに必要な、最低限の魔道具だけど……！　触媒がないと、僕の魔力だけじゃ檻を維持し続けられないよ」

「触媒って？」

「王城にある高位水竜《ジャックポット》の杖があれば一番だけど……そうだな、最低でも亜竜の骨を使ったロッド！」

それを聞いていたマリル兄ちゃんが、あー、と遠くを見つめる。

「途中で会ったニーズホッグのしっぽ、獲ってくりゃあ良かったな」

「毒があるならいらないって言ったのはマリルじゃないか」

「生き物のくくりは食えるか食えないかだろ、王子様」

一貫しているマリル兄ちゃんの主張に苦笑しつつ、オイラはリュックの中から大金槌《おおかなづち》を引っ張り出し、その柄《え》を引っこ抜いた。

「はい、これ」

「なに？」

オイラが無造作にほいっと渡した柄をいぶかしげに受け取ったユーリが、次の瞬間、勢いよく目を剥く。

「こっ、こここここれって⁉」

「ご要望の、高位竜の骨だけど？」

「なんでそんなのが、金槌の柄なんかになってるわけ⁉」

「いや、いっぱいあるからさ。何かに使えるかなー、と思って。たまたま持ってて良かったよね」

「高位竜の骨が？」

「いっぱいある？」

「なんで？」

「それもたまたま持ってた？」

リリィとミミィ、マリル兄ちゃん、テリテおばさん以外の全員が、ハァ？　何言ってんだコイツ？　みたいな顔になっている。

そういえばユーリは最近よくうちに出入りしてるし、リムダさんやエスティに会ったこともあるけど、竜の骨を見せたことはなかった。

「だって、野ざらしもスープの出汁にするのも、肥料にするのもダメだって言うから。何かに使わないと、たまる一方だし」

「野ざらし？」

「出汁？」

「肥料？」

「たまる？」

「貴っ重ーな、高位竜の骨が？」

ユーリたちの顔がハテナマークになっているものの、悠長に説明してる間はない。ミミィの視線が痛いけど、ここは流されて欲しい。

「まあ、説明ははしょるけど」

「はしょるな！」

「で、ミミィ、あれ用意してくれた？」

何か言いたいことはあるだろうけれど、口をへの字にしたまま、ミミィが空間収納からぽぽいっと何枚かの半透明な布袋を取り出した。

頼んでから出発まで一晩しかなかったはずなのに、よくこれだけの枚数用意出来たものだと感心する。

「千年カタツムリの粘液《ねんえき》とダンジョン蜘蛛の糸で作った特殊な袋だよ。中に入れた生き物同士が傷つけ合わないような仕組みになってる」

全員に袋を配りつつ、オイラは重ねて説明する。

「ユーリにはこのダンジョンマスターの部屋に魔法の檻を展開してもらって、オイラたちは蜂の獣人を片っ端から捕まえて袋に入れる。袋がいっぱいになったら、檻の中に放しに来る。二人一組になって、一人がここに来ている間、もう一人が道を通せんぼする。なるべく殺さないように、傷つけないようにお願い。ケガも、出来れば治せる範囲で。何か質問は？」

テリテおばさんとマリル兄ちゃんが肩をすくめながら袋を受け取る。

「殺さず傷つけずか。まったく老体に無茶ぶりが過ぎるのぉ」

「おや、ご隠居は降りますか。それでは私が一肌脱ぐとしましょう」

「何も無理とは言っておらんじゃろうが。まだまだ若い者には負けんつもりじゃ」

何だかんだ言いつつ楽しそうなご隠居と満月先生に対し、カウラはクマを見て薄く笑った。

「僕たちを信用出来ないっていうんだから、これは貸しだよね」

カウラへの苦手意識が刻まれたのか、ひぃと頭を抱えた黄色のクマの向こうで、サイコロ魔道具を配置していたユーリがニコリと笑った。

「とりあえず、私のほうは何とかなりそう。高位水竜の杖《ジャックポット》にどこか似た魔力だし——扱ってみせるよ。せっかくノアが頼りにしてくれたんだもの、檻のほうは任せといて」

『ちょっ、勝手に話を進めるんじゃねぇぞ⁉　俺が指示とか言ってただろ⁉』

黄色の熊がそう声を上げるが、オイラは気にせず話を続ける。

「あ、そうそう、ミュールちゃん。ダンジョンの中の環境って、割と自由にいじれたりする？」

『人の話ぃ聞けよっ！　話通じねぇ！　兄貴っ！　責任持って翻訳《ほんやく》しろよ……っておい、兄貴はっ⁉』

「だいぶ前に、つくしを探しに妖精の国へ行ったよ？」

『なんだって⁉　邪妖精が来てるってのに俺様を置いてかっ⁉　……お兄ちゃんがアタシを置いてったの⁉』

「お兄ちゃんって言った、今？」

顔を両手で押さえて震え出していた黄色のクマだったが、はっとしたように顔を上げ、腰に手を当て胸を張った。

それでも、まだ微妙に足が震えている。しかしその震えはぽふぽふと集まってくる牡丹雪《ぼたんゆき》のような丸い狐たちに埋もれた。

『何の話だっつー！　おっ、俺様にはチビ共を守ってやる義務があるんだ！　俺様はこのダンジョンの主なんだからな！　お、お前らがそんなに言うなら、利用してやってもいい！』

「はいはい。じゃそういうことで。ここにつながってる通路は、見る限り三本。テリテおばさんとマリル兄ちゃん、ブルさんとカウラ、ご隠居と満月先生で組になって、それぞれの通路に向かってもらえる？　オイラとリリィは遊撃《ゆうげき》と補助。ミミィは、ユーリとミュールちゃんの側に待機。無茶言ったのは分かってるし、皆くれぐれも無謀《むぼう》なことはしないでね。もしここまで来ちゃったとしても、オイラがなんとかするから」

一番細い箇所は妖精サイズの通路だけれど、ダンジョンマスターの部屋から100メートルほどはテリテおばさんでも十分に立ち回り出来るほどの広さになっている。

この状況はむしろ蜂の獣人を捕まえようとしているオイラたちには好条件だ。

広いダンジョンの中をしらみ潰しに小さな敵を探して回るのは骨が折れるけど、こっちに向かってくる獣人を片っ端から捕まえていくなら話は別。

オイラの提案に、カウラがひとつ条件を付ける。

「そこの偉そうなクマ、通路の幅くらいいじれるよね？　テリテさんたちよりご隠居たち、ご隠居たちより僕とブルームのほうが戦闘能力は落ちる。僕らにテリテさんと同じ数をさばけるわけがない。状況を見つつ、通路に来る蜂の獣人の数を誘導、調整してくれる？　僕らのところを突破されて困るのはクマだもの、そのくらいやってくれるよね？」

有無を言わせない口調に黄色のクマがカクカクと頷くと、カウラはヒラヒラと手を振って去って行った。

六人を見送った後、魔法の檻の準備を始めたユーリはさて置き、腕を組んでふんぞり返ったままの格好で固まってる黄色のクマに声をかける。

「もうみんないなくなったし、無理しなくてもいいよ？」

『むっ、無理なんかしてねーし』

「分かった。それじゃあさっそく、ダンジョンの湿度を上げて、温度を下げて」

『ハァ？』

いぶかしげな黄色のクマに、オイラはにっこりと微笑みかける。

「湿度を上げて、温度を下げて。……ひょっとして、出来ない？」

『でっ、出来ねーわけねーしっ』

そう言うと黄色のクマは、壁に向かって何やら必死に操作し始めた。

19　邪妖精捕獲大作戦②

『それで、なんで湿度と温度が関係あるんだ？』

コントロールパネル、と呼ぶそれの操作を終えると、黄色のクマがこっちを向いた。

壁には黄色のクマがモニターと呼ぶ、ダンジョン各地の映像が映っている。

「うちに来た蜂の獣人を、うちの猫が捕まえた話はラウルから聞いた？　多分、万全な環境だったら、普通の猫に捕まる相手じゃないと思うんだよね。捕まえられたのは、寒くて体が動かなかったから」

蜂の獣人は、獣人だけあって、恒温《こうおん》動物には違いないと思う。けれど、あの小さい体では簡単に体温を奪われる。体温を保持しておくのには、かなりのカロリーを必要とするだろう。

『つまり、邪妖精……蜂の獣人ってのが、動きづらい環境にしてやる、ってことか？』

「そう。さらに蜂は湿度が高くなると翅が濡れてスピードが落ちる、ってテリテおばさんが言ってたからね。こっちの都合がいいように環境をいじれるってのが、ダンジョンマスターが味方にいる最大の利点だよね」

ダンジョン内の温度の低下を示すように、モニターに映るみんなの息が白くなっている。

このダンジョン内の環境は、蜂の獣人にとってはかなり理想的だ。一年を通して常春《とこはる》、滅多に雨も降らないのに植物は茂っている。

それが急に外と同じくらいまで気温が下がり、雨の直前のようにジメジメしてきたら？　ダンジョン侵攻を放棄とまではいかなくても、軽くパニックくらいにはなってくれるのではないだろうか。

『ふふん。守られてるだけかと思いきや、俺様もケッコー役に立つじゃねぇか』

黄色のクマは得意げに鼻の下をこする。

「そうだよ。ミュールちゃんが、今回の鍵《かぎ》だからね」

オイラたちが話す間にも、ユーリはミミィとリリィの協力を得て檻の準備を着々と進め、モニターの中では早くもマリル兄ちゃんが蜂の獣人を捕まえ始めている。

そろそろオイラも応援に向かった方がいいかな……と何気なくモニターから目線を外した黄色のクマの背後に、オイラは不思議なものを見た。

「……ねぇ、ミュールちゃん。ミュールちゃんのダンジョンは出来たばっかりだから、ダンジョンベリーはまだほとんどないって言ってたよね？」

『おう。ぶっちゃけまだ一人も冒険者が来たこたぁねぇからな。一個もねぇっつー』

「ダンジョンベリーって、木の枝みたいなのに実る、赤っぽい粒だったりする？」

食い入るようにモニターを見ていた黄色のクマが、怪訝《けげん》そうにこっちを見る。

『今それどころじゃねぇだろ。さっきから何の話だっつー』

それからオイラの視線を辿って、ポカリと口を開いた。

『ダンジョン、ベリーだ……』

「やっぱり⁉　これってダンジョンベリーだよね⁉」

ダンジョンマスターの部屋、その木の洞《うろ》のような壁から次々に枝葉が伸び、一面に親指の先ほどの赤い実を実らせていたのだ。

『なん……で……確かにお前らは高レベルだろうが、スタッフ通路にいるし、ほとんど感情も揺れてねぇのにこんな人量の気が集まるはずが……』

「レベルとか感情の揺れとかって関係あるの？」

『なんで俺たちノッカーが、苦労して貴重な宝箱の中身だの強い魔獣だの用意してると思ってんだ。レベル1よりレベル2、レベル2よりレベル3の人間のほうがより多くの気を発して、より多くのダンジョンベリーを実らせるからだっつー。同じ理屈で、寝てる人間より興奮してる人間のほうが多くの実を実らせる』

ダンジョンベリーというのは、ダンジョンに来た人間の『気』を養分に作られる、と前にラウルが言っていた気がする。ってことは……

「これ、多分、蜂の獣人のだ」

『は？』

ポカンとしたままこちらを見る黄色のクマに、オイラは興奮して叫んだ。

「蜂の獣人も、やっぱり人間なんだよ！　今このダンジョンには数万の人間がいるんだ。一人一人のレベルは分かんないけど、仮にレベル1だとしても、レベル100の人間数百人分にはなる！」

……なんだか、全ての解決策が見えた気がする。

ラウルは予告状に『受け入れる』と答えたけれど、一方にしか利のない関係は上手くいかないんじゃないかと心配していた。でも、ノッカーにとっても蜂の獣人が有益なら、歩み寄る余地はきっとある。

いまだ呆然とダンジョンベリーを見つめる黄色のクマに断って、オイラは皆の補助に回るべく駆け出した。そんなオイラに気付いたリリィが、背の羽を羽ばたかせて飛んで追いついてくる。

オイラはまず、ご隠居と満月先生のいる一番手前の通路へと駆け込んだ。


「ちっ！」

通路に入ってすぐ、目の前で展開されている戦いにオイラは思わず目を丸くした。

裂《れっ》ぱくの気合と共に、鈍色《にびいろ》の剣線が無数にきらめき、さらに多くの蜂の獣人がぼたぼたと落ちる。

真ん丸な狸の体が、弾むように通路全体を縦横無尽《じゅうおうむじん》に跳び回り、身の丈に不釣り合いなほどの長い刀をひらめかせていた。

モニターでも見ていたけれど、実際この目で見ると圧倒的だった。スピード特化のオイラから見ても、剣筋が見えるかどうか。

「おう、ノアちゃん。来とったのか」

ご隠居が何気ない調子で空中に小さな魔法陣を描くと、地面に落ちた蜂の獣人たちがふわりふわりと浮かび上がり、ご隠居のさげた袋の中へと吸い込まれるように入っていく。

「満月先生って思ってた以上に強かったんだねぇ」

「なんじゃ、てっきり知っとったからここを任せたのかと思っとったわい。さすがのわしも、オーマンがおっては裏方仕事じゃのぉ」

オイラとリリィも通路を飛んでいる蜂の獣人を捕まえては袋に入れ、袋に入れては捕まえる。けれど満月先生とご隠居の速度にはとてもかなわない。

「ご隠居のその魔法もどうなってるの？」

「なに、普段なら遠くで射落とした獲物を回収するだけの、地味ーな魔法じゃ。動く動物には使えんから、飛んでる蜂の獣人を直接吸い込めんのが難点じゃのぉ」

「一匹の獲物回収ならともかく、一度に複数の蜂を回収してる。難易度、半端《はんぱ》ない」

「昔から器用貧乏での」

無表情に感心しているリリィに、ご隠居は茶目っ気たっぷりに片目をつむってみせる。

「オーマンの奴も伊達《だて》に歳はとっておらんからの、殺しちゃおらんよ。翅の付け根の腱《けん》にかすかな傷を付けとるんじゃ。ほっといても自然治癒するし、わしも治癒魔法が使えるからのぉ、心配はいらんよ」

「ご隠居、さすが」

「かっかっか、亀の甲より年の劫《こう》というやつじゃ」

蜂の獣人は虫ではなく獣人なので、小さな槍《やり》や剣なんかを装備しているようだ。普通だったら袋に閉じ込める前に武装解除するところだけれど、クヌギ屋謹製の魔道具袋は中に入れた蜂の獣人の周りをかすかな魔力の膜《まく》が覆い、互いや袋を傷つけられないようになっている。

「そろそろ、わしらの袋はいっぱいじゃの」

ご隠居のふたつの袋が真ん丸に膨らんでいる。

ぎっちりと押し込めれば、まだまだ入るんだろうけれど、そんなことをすれば、せっかくかすり傷で捕まえた蜂の獣人を潰してしまう。

オイラとリリィは、自分たちの袋をご隠居に渡し膨らんだ袋を受け取って、いったんユーリのところへと戻った。

「あ、ノア、お帰り。ご隠居のとこの？」

「そうだよ。あ、モニターで見えてた？」

ユーリが頷き、パンッと手を叩く。するとユーリの左横に薄緑色の大きな箱のようなものが現れた。檻の外側は、魔力の膜で出来ているみたいだ。

「どう？　完璧でしょ？　外からは入れるけど中からは出られない作りにしたから、どこからでも入れられるよ」

ニコニコと得意そうに胸を張るユーリにお礼を言って、檻の中にご隠居から預かった袋の蜂の獣人たちを、ぽいぽいっと放り込む。

「じゃあ悪いけど、しばらくこの中に入っててね」

「ねぇノア、このモニターってのホント興味深いよ。ミミ師匠とも解析してたんだけどね、魔道具で再現するとなると、本体となる大型魔道具の他に現地に子機っていうか映像を取り込む魔道具が必要になるでしょ、魔道具自体を作ることより本体と子機を紐付《ひもづ》ける技術が今現在の理論では存在しなくて……」

どうやらユーリとミミィは、ここで魔法の檻の準備をしつつも、黄色のクマが展開したモニター&コントロールパネルというものを観察、分析していたらしい。

魔法で出したものならともかく、ダンジョンマスターのスキルだって言ってたから、いくら天才魔道具士のミミィでも、再現するのは難しいんじゃないかと思うんだけど……

どんどんと専門的になるユーリとミミィの会話を聞き流しつつ、オイラは改めて檻の中に入れた蜂の獣人へと目をやる。

何万もいるだろう蜂の獣人を確保するため、ユーリとミミィの作った檻はかなりの広さで、その中に放り込まれた数十人は物凄く少なく見える。

え、あとこれを何往復すればいいの……？

自分で言い出したことながら、先の見えなさ加減に頬が引きつってきた。

こりゃオイラは皆と檻との往復係、捕まえた蜂たちの運搬《うんぱん》に徹《てっ》したほうがいいかも。

「るーー、るーーー、るーー」

檻の中に入れた蜂の獣人たちが何かしゃべっているけれど、つくしよりだいぶ早口なのか、全く聞き取れない。

気になるのは、満月先生が傷つけたぶんを除いても、蜂の獣人たちがずいぶんと疲労困憊《ひろうこんぱい》なことだ。

とてもじゃないけど、人んちに喧嘩《けんか》をふっかけられる体力には思えない。全員が痩せているし、顔色も悪い。服もすり切れてボロボロで、着のみ着のままという言葉がぴったりだ。

よく見ると子どもや老人も混じっているし、そのほとんどが女の人。

ダンジョンの気温を低くしてもらったのは、ちょっとやりすぎだったかもしれない。

せっかくかすり傷で捕まえたのに、檻の中で衰弱死《すいじゃくし》とか洒落《しゃれ》にならない。

というわけで、檻の中に、蜂蜜の壺《つぼ》をひとつ差し入れてみる。

すると檻の中は、文字通り蜂の巣をつついたような騒ぎになった。ちょっとでも食べてくれればいいけど。

ご隠居のいる通路に戻り袋を交換してから、カウラとブルさんの通路に向かう。

本人も戦闘能力で劣るって言ってたし、苦戦してるんじゃないかと思ってたんだけど……

「おや、ノア。手伝いに来てくれたのかい？」

金色の目を細めて、カウラが柔らかく微笑む。

手には金色の針金と白い毛糸玉のようなものが握られていた。カウラの白い指先が動くたび、針金も忙《せわ》しなく動く。

その目前には、どうなっているのかくっついたように空中でもがいている蜂の獣人たちを、せっせと回収しているブルさんがいた。

「え……？　コレ、どうなってるの？」

「糸だよ。蜘蛛の巣みたいなものだね。毛に魔力を通して編み上げて、粘着質《ねんちゃくしつ》の巨大な網を作ったわけさ。僕の毛は白金色だからね、ほら、光に溶けて見えなくなるだろう？　張ってくれたのはブルームだよ。彼は器用でね」

カウラが手元に視線を落とす内に、網を突破した蜂の獣人の一団がこちらへと向かってきた。仲間が網にかかったことでそこに何かがあるのに気付き、切り払って通り抜けたようだ。

「カウラ、あぶなっ……！」

声をあげかけた瞬間、こっちに向かっていた蜂の獣人たちはビクッと震えて、ぼたぼたと地面に落ちた。

「え？」

「ふふ、網が一重だと思うなんて、さすがは虫。あそこに張ったのは麻痺《まひ》の網だったかな。ブルーム、そこの回収もよろしくね」

当然のように指示を出すカウラに、ブルさんが口をへの字に曲げる。

「殿下は十重二十重《とえはたえ》の網に守られてんだろうが、俺は蜂の攻撃が届くとこで働かなきゃならねぇんでやすがね」

「やだなぁ、感謝してるって。僕より強いブルームがいて凄く助かってるよ。それに、僕は戦いながらだとこの網は編めないんだ。残念ながら一回使い捨てだからね、集中させておくれよ。直接戦わずに勝つのが最上……そう教えてくれたのはブルームでしょ？」

「確かに言いやしたがね」

ぶちぶちと文句を垂れつつも、ブルさんの袋は瞬《また》く間にいっぱいになり、ぽんっとオイラたちのほうへ放ると、懐から二枚目の袋を取り出した。

「えーっと、なんていうか、すごいね」

「戦闘能力はブルームにも劣るし、ユーリみたいな補助魔法も出来ないんだけどね。搦《から》め手は得意なんだよ」

にっこりと優しく微笑んだカウラの笑顔に、凄みを感じるのはオイラだけだろうか？

「な、なんか、カウラたちも大丈夫そうだから……オイラたちは、捕まえた蜂の輸送と袋の補充に専念するね」

ぴゅーっと逃げるように袋を抱えてユーリのところへ戻り、中身を檻の中に放すと、今度はテリテおばさんたちのところへと向かった。

うん、ここに関しては全く心配していない。テリテおばさんだし。

「ぐぉぉおおおぉっ！！！」

うん、やっぱり心配いらなかった。

テリテおばさんが大口を開けて威嚇の咆哮をあげると、空中で気を失った蜂の獣人が、片っ端からぼとぼとと地面に落ちて山を作る。積み重なって倒れている蜂の獣人たちは、階段の将棋倒《しょうぎだお》しのように、重さで潰れないかと心配になるほどだ。

それをマリル兄ちゃんが回収しているけれど、そのマリル兄ちゃんの頭の上にも、容赦なく気を失った蜂たちが降り注ぐ。

「ちょっ、母ちゃんちょっと待てってて！　拾いきんねぇよ、こんなにいっぺんに！」

「だからって、手を抜いてここを突破されて、ミュールちゃんのとこまで行かれちまったらどうするってんだい！　それに、さっきからなんだか寒いからね。適度に動いてないと、眠くなっちまうんだよ」

「ねっ、寝ねぇでくれよ、こんなとこでっ!?」

「だからこうやって動いてるだろうが。あたしが直接触ったら潰しちまうだろ？　頑張ってアンタが回収しな」

「分かってるけどよっ」

……うん、オイラはいなくて大丈夫そう。

そう思って、そろーりと帰ろうとしたオイラの背中に、マリル兄ちゃんの声が刺さる。

「なにこっそり帰ろうとしてんだよっ、ノア！　いるの気付いてっからな、手伝えよ!?　母ちゃんの咆哮浴びて気ぃ失わねぇのなんか、俺と姉ちゃんとノアくらいしかいねぇんだからっ！」

確かにマリル兄ちゃんがいるのは、蜂の獣人の大群のただ中、テリテおばさんの前方だ。

ユーリなんかを引っ張ってきたところで、あっという間にテリテおばさんの威嚇にやられて、蜂の獣人ともども気絶してしまうだろう。

オイラとマリル兄ちゃんが、テリテおばさんの咆哮を浴びても平気な理由はただひとつ。

慣れだ。

「しょうがないな～。リリィ、悪いけどオイラはここを手伝ってくから、他のとこの蜂の回収と檻への往復、頼んでいい？」

「分かった」

無表情に了承してくれるリリィに、今までマリル兄ちゃんが回収した蜂の袋を預けて、オイラは自分の持ってきた袋へと蜂たちを放り込み始めた。

ちょーっと、予想が甘かった。この作戦を考えたときには、まさかこんなに人数が多いとは思わなかった。まあ、なんとかなってるし、良しとするかな？

ひたすら蜂を拾っていく作業は、むしろ、田植えとか作物の収穫に似ている。

テリテおばさんのおかげで、なんだか戦いというより内職の様相を呈《てい》してきた作業に、オイラはハァと軽くため息をついた。

20　王女と誇り

「ふぅ、大体、これで全員かな？」

額の汗を拭うと、オイラはようやく一息ついた。

マリル兄ちゃんの手伝いを始めてから数時間が経ち、通路に押しかけていた蜂の大群はほとんど全てがユーリの作った檻に収まっていた。

ダンジョン内に残っていた蜂の獣人たちも、黄色のクマの指示であらかたは捕まえている。そのほとんどが、戦えないほどの老人や幼児だった。

ここのダンジョンというのはいわゆる森と草原フィールドで構成されていて、そのあちこちに小さなもふもふとした魔獣の姿が見え隠れしていた。戦えないなりにダンジョンマスターに情報は送っていたようで、オイラたちだけではとても気付かないような場所に隠れていた蜂の獣人たちもあっさりと見つけられた。

全員が汗だくで疲労困憊、ユーリとリリィに至っては立つ気力もない、とばかりにぺたんと地面にへたり込んでいる。ダンジョン各所に気を張っていた黄色のクマも、モニターの前の椅子《いす》にぐでっと寄りかかって潰れていた。

一段落だと黄色のクマが判断したので、全員が檻の前に集まり、マリル兄ちゃんが米を炊《た》いてせっせとおにぎりを握ってくれている。

炊き立てのご飯のいい匂いがすきっ腹にこたえて、お腹がぐーっと鳴った。

「るー、るーーー、るーー」

蜂の獣人たちが、ざわざわとざわめく。

ダンジョンの入り口にいたときもずいぶんな人数だと思ったけれど、改めてこうやって全体を見ると本当に多い。

みんな服装は似たような感じだけど、この中に女王がいるのかな？　だとしても、名乗り出てくれなきゃ、つくしが来るまで、このまま『待ち』かなぁ。

と、そこまで考えたとき、檻の中に入れておいた蜂蜜の壺がいつの間にか空っぽになっていることに気付いた。

主に子どもたちがその周りに集まって、悲しそうな表情で、空になった壺をつついたり舐めたりしている。

そういえば、蜂の獣人の子どもって、幼虫じゃないんだなぁ。とか変なことに感心しながら、オイラは、今度はそーっと蜂たちを怖がらせないように、ローヤルゼリーの壺をひとつと蜂蜜の壺を五つ差し入れてみた。

このローヤルゼリーと蜂蜜はここに来る旅の途中で通った『暗闇のダンジョン』に現れる殺人蜂《キラービー》とエリアボス殺人女王蜂《キラークィーンビー》のドロップアイテムで、ダンジョンを周回してたっぷりと集めてきた。

「るー？　るーーーー！　るーーーー！！！」

ローヤルゼリーを差し入れた瞬間、蜂の大群にどよめきが起こる。手を伸ばしかけた子どもを、近くの老人がベシッと殴って止めている。多分毒とかそういうものを警戒しているんだろう。

でも、壺を囲んでいる獣人たちは、初めて会ったときのつくしとそっくりな表情《かお》をしてるんだよなぁ。

お預けくらった犬っていうか、食べたいのに必死で我慢してるような。今にもよだれが垂れそうで、目がうるうるしていて。かわいそかわいい……変な造語が出てくる。

「オイラの言葉が分かるか分かんないけど、良かったら食べて？　まだあるし、特に毒も入ってないよ。つくしは、今、探してもらってるとこだから」

「る？　るーー！」

「るー」

「る？」

オイラの言葉が分かったのか、蜂たちがいっせいにしゃべり始めて大騒ぎになる。

その騒ぎに、何か起こったのかと檻の前に集まってきた面々の中にラウルの顔を見つけて、オイラは思わずずっこけそうになった。

「ラウル!?　帰ってきてたの!?　言ってよ！」

『あ、はい、ただいま帰りました。僕のいない間に、すごいことになってますねぇ』

「そんな呑気な。それで、つくしは？　いた？」

『それが……』

ラウルが少し言いよどんだとき、バチッと目の前の檻の魔力の膜に、奥から何かが突っ込んできた。

「るーーっっっ！！！」

跳ね返されても跳ね返されても魔力の膜に突撃しているのは、蜂の少女だった。

黒いメッシュが入った金の髪に、すり切れた黄色いワンピース。

年配の女性数人の引き留めようとする手を振り切って、何度も全力で突進する。

ユーリの作った魔力の檻はそんなに威力はないそうだけれど、逃亡防止に静電気のような痛みが走る。何度も繰り返した少女は涙目だ。

「るーー！　るー！　るーーーーっっっ！」

何かを勢いよくまくし立てているようだけれど、興奮しているせいで普通の蜂よりよっぽど早口で、全く聞き取れない。

「なんだろ？」

首を傾げるオイラとラウルを指さして、次々に何やら叫んでいる。

うん、小さいけどかなりの美少女だ。

「悪いけど、オイラたちにとって君たちの言葉は早すぎるんだ。もう少し、ゆっくりしゃべってくれる？　ん？　ひょっとして、君がつくしが可愛いって言ってた王女様？」

「る!?　るーーっっっ」

少女の頬がポッと染まり、上下に揺れながら身振り手振りを交えてさらに高速でまくしたてる。

「ゆっくり」

重ねて要求すると、蜂の少女が涙目ながらもキッとこちらを睨み付けて指を突きつけてきた。

「針を持たない伝達使を害するとはこの恥知《はじし》らずが！　私《わたくし》の可愛いつくしを返しなさい！　正々堂々戦うこともせず、汚い罠《わな》にはめて捕虜《ほりょ》にするとは何と卑怯《ひきょう》な！」

「……へ？」

強い口調で放たれた言葉に思わず目を丸くする。

「いや……え？　つくしのしゃべり方と違いすぎない？」

あの可愛いしゃべり方は、蜂の獣人特有のものだと思っていたけど、つくし独自のものだったのだろうか。

「私はハンナ族の次期女王、蓮華《れんげ》。女王候補は神の使者の言葉を学んでいるのです。私はハンナ族の誇りにかけて、神の使者との一騎打ちを願います」

「ひめさま。ひさめま、戦う、ない」

「だめ。ひめさま。おちつく、ひめさま」

周りの女性たちが懸命に引き留めるものの、蓮華ちゃんは強い視線でラウルを見つめている。

『い、いいいい一騎打ちですか？　無理無理、無理ですっ。僕には戦うなんて出来ません、はな、話し合いをしま、いえ、とにかく落ち着いてくださいぃぃ』

一方で腰の引けまくったラウルは、ビュンとオイラの足の後ろに隠れ、こわごわと顔を覗かせている。

「神の使者がこのような腑抜《ふぬ》けとはっ」

「ちょっと待って蓮華ちゃん。つくしにはもう言っちゃったから言うけど、ラウルたちノッカー——君の言う『神の使者』はね、種族的に戦えないんだ」

「……は？」

怒りに体を震わせていた蓮華ちゃんが、ラウルを指差したまま固まった。

「えっと、君たちハンナ族にとって、戦うっていうのは誇りなんだよね。信仰の証でもあるのかな。それと同じように、ラウルたちにとって戦わないことが誇りで、信仰の証――っていうより戦うと魂が変質――穢《けが》れちゃう？　んだって」

「…………は？」

「だからね、ハンナ族からの手紙を何とか解読して、『慈悲を授ける。話し合おう』って描いた手紙をつくしに預けたはずなんだけど……その様子だと、やっぱりまだ帰ってないみたいだね」

「は」

蓮華ちゃんはヨロヨロと地面に降り、そのままペタンと座り込んだ。

その周囲に、年配の女性たちが次々に舞い降り、「ひめさ」「ひめさま」「だいじょぶ？」と声をかけている。

「慈悲を、授ける、と？　民を受け入れてくれると？　つくしを帰した？　いえそれよりも、神の使者は戦えぬ者だったと？　それでは、つくしと同じ和平の民。私は……私は、何ということを……針持たぬ者に臣民の針を向けさせたなんて」

頭を抱えてフルフルと震える蓮華ちゃんの顔色は、興奮に紅潮していた先ほどから一転、ずいぶんと青ざめている。

「えっと、和平の民？　って？」

「私たちハンナ族にとって、戦うのは雌の役割なのです。雄であるつくしは針を持ちません。ゆえに他の群れとの伝達使には敵意がないことを示すために雄が立ちますの。針なき者を攻撃するのはハンナハンナの末裔として最たる恥辱《ちじょく》。伝達使を虐げられた一族は一族の総力を持って全面抗戦するのです。それが……」

つまり蜂の獣人であるハンナ族にとって、針っていうのは戦闘能力の象徴ってことかな。

そういえば、本物の蜂も雌しか針がなかった気がする。戦えないつくしが殺されたと思って全員で突撃してきたけれど、それが早合点《はやがてん》で、相手に向けていた怒りがブーメランになって返ってきてパニックになっている、と。

するると、ラウルがおそるおそる声をあげた。

『あの、それがですね……つくしさんの失踪《しっそう》に僕も無関係じゃなかったみたいで……』

「なんですって!?」

『ひぁっ、あの、妖精の国を通過するときに僕が速すぎたみたいで……その、僕が置いてきぼりにしちゃったつくしさんは、妖精王のところに保護？　されてるんです。それで、帰して欲しかったら、僕とそちらの責任者さんとで説明に来るように、って……』

21　妖精王って

そこは、不思議な空間だった。

整然としているようでいて、支離滅裂《しりめつれつ》で雑多でもあった。

細やかなツタが絡み合い、不規則にちりばめられた拳大の宝石が、緑を通した柔らかな光に煌《きら》めく。前衛的な魔道具が無造作に壁にかけられ、かと思うと無骨《ぶこつ》な鎧《よろい》や戦槌《せんつい》がそこかしこに積み上げられている。

ここは妖精王の居城。様々な樹やツタが絡み合って出来ている王城だった。

『すみません、狭いですよね、ノアさん』

「はは、オイラは何とかなるけど……オイラ以外は多分無理だね」

蓮華ちゃんと二人だけで行動するのは無理だとラウルに泣きつかれて、オイラは妖精城へと同行し、今はその廊下を進んでいるのである。

『妖精城は生きているので、妖精王に合わせて多少サイズが変わるんです。今は縮んでいる時期で……僕らノッカーやフェアリー族は15センチくらい、グレムリンやブラウニーは40センチ、ドワーフは130センチが平均ですから、人間のほうから見ると造りが小さいかもしれませんね』

ん？　妖精王は常にノッカーってわけじゃないんだろうか？

妖精城の廊下の天井はオイラがギリギリ頭をぶつけずに歩ける高さで、両開きの扉は頭を下げてくぐり、片開きの扉は体を斜めにしてなんとかすり抜ける。

黄色のクマのダンジョンへ続く通路に似た広さだけれど、装飾品やシャンデリアがある分動きづらい。気をつけていないとどこかにぶつかる。

『もうじき、妖精王のいる謁見の間ですから』

「そういえば、妖精の国に入ると記憶がなくなるって話はどうなったの？」

蓮華ちゃんを見つつラウルに尋ねると、ラウルは懐から小さな珠《たま》を取り出した。

『ノアさんは「妖精の森」のポポル様からもらった「妖精の珠」がありますよね。それを持っていれば記憶がなくなることはありません。これは簡易《かんい》版の「妖精の珠」です。一回きりの効力ではありますが、蓮華さんにはこれをお渡ししました』

「つくしは特殊なスキルで使者に擬態しておりますから、影響を受けませんの」

「へぇ、そんなのあるんだ。ところで、残してきたハンナ族の人たち大丈夫かな？　結構弱ってたみたいだけど」

オイラの言葉に、蓮華ちゃんはパチパチと瞬いた。

「……私の話を、ちゃんと聞いてましたのね」

「え？」

「今、ハンナ族と言いましたわ。いえ、そういえばずっとハンナ族と。知っていますわ、神の使者が私たちのことを邪妖精と呼んでいること。あなた方が私たちのことを蜂の獣人と呼んでいたこと。それなのに、私が名乗って以降、あなたは私たちのことを、ずっとハンナ族と」

「ハンナ族なんでしょ？」

「そうですわ。私たちは、偉大なるハンナハンナの末裔、誇り高きハンナ族。けれどハンナ族以外の者に、ハンナ族と呼ばれるのは初めてですの」

オイラを見る、蓮華ちゃんの目つきがほんのちょっと優しくなった気がする。

「ノアだよ。オイラは、ノア」

「……そうね、あなたが私たちのことを正しく呼んでくださるのに、私が呼ばないのでは失礼ですわね。改めて、よろしくですわ、ノア。ノアのような人間も、いますのね。残してきた者たちならおそらく大丈夫でしょう。あなたが過分なほどの食料を差し入れてくれておりましたし」

今まで吊り上がっていた目尻がふわりと緩み、柔らかく微笑んだ蓮華ちゃんに思わず見とれて、オイラはシャンデリアに額を打ち付けた。

いでっ、と言ったオイラに蓮華ちゃんがコロコロと笑う。

そこに、先行していたラウルの明るい声が聞こえた。

『あ、ここですよ、謁見の間！　お疲れ様でした、ノアさん。ここに妖精王が……』

そう言いながらラウルが扉を開けた、その瞬間。

『ラウルーーーーっ！！！　会いたかったぞぉぉおおおおっっっっっ！』

小さなツルハシを背負ったガテン系のオッチャン妖精が、勢いよくラウルへと抱きついた。

『ちょっ、やめてよ。ノアさんも……ましてや、蓮華さんもいるんだから！』

抱きついて、ぶちゅぅぅううっと口を突き出しているオッチャン妖精を、ラウルが嫌そうに押しのける。

けれどもオッチャンのほうが腕力で勝るのか、抵抗はあえなく潰《つい》えて、顔面そこかしこに『ぶちゅう』の嵐《あらし》を受けたラウルは半泣きになる。そこで、背後から現れたもう一人の妖精の美人さんが、オッチャン妖精の襟首を掴んで引き戻した。

『いい加減になさいっ。いつもいつも。ラウルが嫌がっているじゃありませんか』

『そんな、ラウルぅ〜。ついこの間まで、俺っちの後をトコトコ付いてきたっつぅのに、しばらく会えない内にどうしちまったんだよぉ』

『ついこの間って、子どもの頃の話じゃないか』

妖精の美人さんに襟首を掴まれたまま、それでもラウルに向かってジタバタと手を伸ばすオッチャン妖精に、ラウルがはぁ、とため息をつく。

『すみません、ノアさん、蓮華さん。この暑苦しいのが妖精王で、父のダーグルです』

「「えっ」」

いや、確かに、そうかなー、とは思ってたけど。やっぱりそうなんだ。

王冠《おうかん》もかぶってないし、作業着だし、オッチャンだし。老妖精とかだったらまだ分かるんだけど、オッチャンとしか表現のしようがない。

「ラウルって、妖精の王子様だったんだ」

『いえいえ、妖精王っていうのは名は大層ですが、誰かはやらなくちゃならないので嫌々引き受ける類《たぐい》の、人でいう町会長のようなものです。それぞれの種族で十年持ち回りになっているので、大したものではありませんし、僕は普通のノッカーです』

ラウルが言っていた『両親は手が離せない仕事がある』ってのはこのことだったんだ。

妖精王のオッチャンは美人さんに引っ張られ、謁見の間の奥にある玉座へと座らされた。

『いやぁ、はっはっは。見苦しいところをお見せしてお恥ずかしい。久方ぶりだったもので、つい。……ところで、ラウル。ミュールは無事なんだよな？』

『うん』

『で、その人が、例の？』

妖精王のオッチャンの言葉に、蓮華ちゃんがワンピースの横をつまみ、優雅に一礼する。

「挨拶が遅れました。ハンナ族の王女にして、今回の件においては女王より全権を任されております、蓮華と申します。妖精王閣下と聞き及びますが、私のつくしは、どちらに？」

あ、そういえば、つくしを返してもらいにここまで来たんだった。オッチャン妖精王のインパクトにすっかり忘れてた。

『そうか、アンタが邪妖精の親玉か。今回は俺っちのかわいい息子たちが世話になったな』

ニヤリ、と笑った顔には、今までなかった凄みがある。

腐っても妖精王、というか……子どもに見せる顔だけが全てじゃない、ということだろうか。

うちの父ちゃんにも、オイラに見せられない顔とかあるんだろうか。オイラの脳裏に、どてらを着て酔っぱらってコタツで寝ている父ちゃんが浮かぶ。

……ないだろうなぁ。あれで、裏では凄腕の暗殺者、とかだったらビックリなんだけど。うん、やっぱりないない。

「邪妖精とは聞き覚えのない呼称ですわ。何かの勘違いではありませんこと？　私はハンナ族の王女、蓮華。ラウルさんのダンジョンには、慈悲にすがりに参っただけのことですわ。罪のない伝達使が囚われたと聞いて、引き取りに参りましたの」

胸を張り、堂々と受け答えする蓮華ちゃんは、いまだ王女とはいえ、仄かに女王の威厳をくゆらせている。将来は、さぞ立派な女王になるんだろう。

『そうか、そいつぁ失礼したな、ハンナ族の蓮華どの。しかし「慈悲」か。俺っちたちには、おそらくアンタらの同族に襲われて失われたと思われる同輩《どうはい》が何人もいてな。アンタにその行方を聞きたいと思ってるんだが』

妖精王の静かな言葉に、蓮華の頬が一瞬引きつる。

……そうか。これが、妖精王がここに蓮華ちゃんを招いた理由。

大陸各地に二百はあるダンジョン。今現在ノッカーのダンジョンマスターが支配しているのはその内二十ばかりだという話だった。

まだ若いラウルは直接の知り合いはいなかったと言っていたけれど、年長の妖精王の知り合いには、邪妖精にダンジョンを襲われたノッカーがいたのかもしれない。

「同族とは申しましても、私が生まれる以前のこと。別の群れでもありますし、私も推測する以上の根拠を持ちません」

『構わんよ』

蓮華ちゃんは一度目を閉じると、それから静かに妖精王を見つめた。

「食われた、のだと思います。その同輩の方たちは。当時の、ハンナ族の女王に」

22　野良ダンジョンのゆくえ

『食われた!?』

妖精王が目を剥き……ダンッッッと玉座の背後の壁を拳で殴りつける。握りしめた拳からは血が滲み、腕には太い血管が浮いていた。

『リールもナクルもヨウルもネカニルも、ヒジュール爺さんもマカルの坊主も、リニョルの嬢ちゃんも、俺の両親も、フルールの両親もっ！　ダンジョンにいたはずが、ある日突然いなくなっちまった！　ダンジョンはそっくりそのまま、それなのにノッカーだけがいねぇ！　俺が、フルールが、どれだけ嘆き探し回ったか！　それが、食われた⁉　お前たちにっ⁉　お前たちの女王にっ⁉』

赤光を放つ目に射すくめられ、苦しそうにしながらも、それでも蓮華ちゃんは真摯《しんし》であろうとしているようだった。

それは、妖精王がさっき、彼女らのことを『ハンナ族』と呼んだからだろうか。

それとも、お互いに守るべき臣下を持つ王と女王として、何か思うところがあったからだろうか。

妖精王の激情に反応して、妖精城を形成するツタがいっせいにざわめき、城全体が震えている。

「食われた、というのは誤解を産む言い方だったかも知れません。ハンナ族は、自らの群れが危機を迎えたとき、ダンジョンへと『慈悲を乞う』のです。ダンジョンには神の使者がおり、慈悲を受けられればその女王の群れは救われる。けれど……上手くいかなかった場合、使者と戦うことで女王は使者の力を取り込むことが出来るのです」

蓮華ちゃんは胸に手を置き、そっと目を伏せた。

「けれど……偉大なる神の使者と戦い、あまつさえその使者を取り込むのは神の教えに背く罪深き行い。死後、約束されたハンナハンナの花園へと赴くことは出来ません。それを私たちは罪の意識を込めて、【使者食い】、つまり使者を食らう、と言うのですわ」

妖精王がギリギリと歯を噛み鳴らすと、周囲の壁から細やかなツタがはい寄り、瞬く間に蓮華ちゃんをからめとり中空へと持ちあげた。

『なにが神の使者だ、罪深き行いだ！　ダンジョンにいたのはノッカーだ、俺っちの同輩だ。……家族たちだ』

妖精王の声が、暗く沈む。それに合わせて、柔らかな緑の光に包まれていた妖精の城も仄暗く沈んだ色へと変わっていく。

オイラは前にラウルへ言った。

家族を殺された恨みは、そう簡単に忘れられるようなものじゃない、誰も傷つけない内なら話し合いも通じるだろうと。

オイラたちは、一人の犠牲者も出さずに、蓮華たちハンナ族を捕まえた。

でも、もう手遅れだったのかもしれない。家族を奪われた人が、既にいたんだから。

「私を、殺しますの？　それもいいでしょう。ただ、ラウルさんのダンジョンには、今、私の臣民と……母がおります。あなたがこれまでに失った同輩の方たちと、私一人の命が釣り合うとは申しませんが、どうか、私の命と引き換えに、母との同盟を成立してやってくださいまし」

きっ、と妖精王を見つめる蓮華ちゃんの目に、涙はない。けれど、ツタにからめとられた指先が、あまりの緊張に血の気を失って真っ白になっている。宙づりにされた足先が、カタカタと震えている。

怖くないはずはない。

けれど、それをいっさい顔に出すことなく、王女は凛《りん》として妖精王を見つめていた。

『……なんでだ？』

妖精王の唇が、わなわなと歪む。

「……え？」

『アンタは、次期女王なんだろ？　こんなとこで捨てていい命じゃないはずだ』

妖精王の問いに、蓮華ちゃんはためらうことなくまっすぐに答えた。

「私は王女ではありますが、ただの女王候補。私が死んだところで、新たな王女を産んでもらえば代《か》えが利きます。女王《はは》の代わりはおりませんが、王女《わたくし》の代わりはいるのです」

『……はっ』

蓮華の言葉を、妖精王が一声鼻で笑うと、しゅるしゅるっとツタはほどけ、蓮華ちゃんはストンと床に降り立った。

『たまったもんじゃねぇな。代えが利く、なんぞと子どもに言われちまう親っつーのは』

「え？」

きょとんと聞き返す蓮華からは視線を外し、妖精王はオイラに向き直った。

『ノアさん、つったか。挨拶が遅くなったな。今回は、ラウルもミュールも、えらい世話になった』

「いやいやいや。オイラが好きでやったことだし。ラウルがいなくなっちゃうと、オイラも嫌だし」

顔の前でパタパタと手を振ると、妖精王は片眉を上げた。

『ラウルがいないと嫌だ、つうのは、剣の欠片のことか？　そんなこと言ったって、ミュールのダンジョンにゃあ、まだろくに冒険者も来ちゃあいまい。他のノッカーとのつながりが出来た今、アンタがラウルにこだわる必要はないだろう？』

「え？　確かに他のノッカーも欠片を持って来てくれるようになったけど……でもその人たちはラウルじゃないよ。妖精王のオッチャンは、友だちがいなくなったら、嫌じゃない？」

首を傾げたオイラに、なぜか妖精王のオッチャンが目を丸くし、それから破顔した。

『ははっ、こりゃあまいった。利害で生きるはずの人間が、妖精より妖精らしいときた。ポポルに気に入られるわけだな。ありがとよ、ラウルの親として心から礼を言わせてもらう』

「えーっと、なんで？」

さらに首を傾げるオイラを楽しそうに見つつ、妖精王は傍らの奥さんを紹介してくれる。

『紹介が遅くなったな、こっちは俺っちの女房で、フルール。ノアさんよ、ラウルの友だちなら……息子や娘が大ピンチだっつーのに、ここから動けねぇ俺はともかく、なんでフルールがダンジョンへ向かわなかったのか、そう疑問に思わなかったかい？』

「うん、ちょっとラウルが働きすぎじゃないかなー、って思った」

オイラの言葉に、妖精王のオッチャンは渋い顔をして頷いた。

『正直、俺っちもフルールも、邪妖精の予告状が届いたって聞いたときにゃあ、全てを放り出して駆け付けようと思ったさ。だがラウルの阿呆に言われたんだ。「子どもを産めるノッカーはミュールを除けば母さんで最後。ミュールはダンジョンから逃げられない。僕らが死んでも、母さんが生きていれば希望はある。母さんには妖精城に残っていて欲しい。僕らはまだ、代えが利く」ってな』

妖精王の言葉に、オイラは思わず、ラウルと蓮華ちゃんとを見比べた。立場は違えど、なんてそっくりな。

「え……っていうか、子どもを産めるノッカーは、フルールさんで最後？」

『言葉の通りだ。ノッカーってのは、元々数が少ない。その上、ダンジョンマスターのスキルを発現した家族を皆でサポートする習性があってな。ダンジョンにいる間に邪妖精……ハンナ族か？に襲われ行方不明になり……ってのを繰り返してる内に、ますます少なくなっちまった。今残ってるのは、年寄りばっかだ。ミュールを除けば、一番若い女は、フルールになる。うちの母ちゃんは、少々歳を食っちゃあいるが……』

そこまで言ったところで、バッシーンといい音が響く。頬に赤い手形をつけた妖精王が、しかめっ面で説明を続ける。

『まだ、子どもを望める歳だ。ダンジョンってなぁ、邪妖精に狙われたが最後絶対に助からない、ってのが今までの常識だったからな。母ちゃんもミュールも死んじまったら、ノッカー族は滅びるしかない。ラウルとしても苦渋の決断だったんだろうよ。ラウルもミュールもまだ若い。こんなときに母ちゃんに側にいてほしくねぇわきゃあ、ねぇだろうにな』

そこまで言って、妖精王のオッチャンは深く深くため息をついた。

それから眉間にシワを寄せて、頭をぼりぼりと掻きながら、蓮華ちゃんのほうを見やった。

『代えが利く……アンタのその言葉を聞いて、毒気が抜けちまったぜ。俺っちぁ、邪妖精ってのは、もっと相容《あいい》れねぇもんだと思ってた。おどろおどろしくて、邪悪で、それこそ俺っちたちノッカーを、頭からバリバリ食っちまうような。それが、俺っちの息子と同じセリフを吐きやがる。……なあ、アンタ。アンタは、嘘をつくことも出来たはずだ。だがさっき言ったのは、アンタが思っている正直なとこなんだろ？　ここは妖精王の居城だ。まさか妖精王を怒らせて、無事に逃げ延びられると思ったわけじゃあるまい』

妖精王の言葉が意外だったのか、蓮華ちゃんは自身の心の中を探るように、少し沈黙した。

「……自分たちの窮状《きゅうじょう》に、慈悲を願ったのは私です。自分たちに都合が悪かろうが、尋ねられたからには知る限りのことを申し上げようと思ったのです」

『そうか……アンタの先祖が俺の親を食っていようと、アンタ自身はまだ誰も殺しちゃいねぇ。アンタに凄んでみせるのも、間違いだって頭じゃ分かっちゃあいるんだ。けど、家族を失った感情ってなぁ、そう簡単に落ち着くもんじゃなくてだな』

妖精王のオッチャンがガリガリと頭をかいた。

そんな中、オイラの中で何となく感じていた違和感が形になろうとしていた。

何だかよく分からないけど、何かが引っかかる。

「ねえ、蓮華ちゃん？　使者を食らうって言ってたけど、実際はどうやるの？」

オイラの言葉に目を剥いたのはラウルだった。

『ちょ、ノアさん！　父も、母も、大勢の知り合いがハンナ族に襲われているんです。蓮華さんもショックを受けているみたいですし、興味本位でそんな話は……』

「ああごめん、そうだよね。ちょっと気になることがあったんだけど、オッチャンたちが嫌なら……」

たまに、空気が読めない、って言われるけど、こういうとこなのかな？　反省して取り消そうとしたオイラを、妖精王のオッチャンが制する。

『いや、話してくれ。俺っちも知りたい』

瞳の奥には、制しきれない激情が渦巻いているにしても、表面だけは静かに、オッチャンは蓮華ちゃんを見つめる。

『アンタたちのことを。アンタが、話したいと思うことを』

蓮華ちゃんは、最初、驚いたようにビクッと肩を震わせて……それから、ぽつぽつと話し始めた。

「私たちは……偉人なる女神、ハンナハンナの末裔。洞穴《ほらあな》や木の洞《うろ》に巣を作り、数万のハンナ族みながひとつの家族ですの。ハンナ族はほとんどが雌で、戦うのも働くのも雌の役割です。稀《まれ》に産まれる雄は、他の群れの女王と番《つが》うべく旅に出ます。つくしは、他の群れから来た私の夫候補ですの」

蓮華ちゃんの言葉を、妖精王たちは目を逸らさずに聞いている。

「私たちは、突然の天災や不慮《ふりょ》の事故で巣を追われたとき、伝承に従ってダンジョンへと向かいます。ダンジョンへと慈悲を乞い……けれど、多くの場合、ダンジョンの神の使者に我々の声は届かず、女王は使者を『食らう』という選択を迫られることになるのです。神の使者の力を使うことが出来るのは、代々の女王だけ。女王は神の使者を蜜蝋《みつろう》で固め、新たな巣の中心とするのです。神の使者がダンジョンで行っていたことは、おおむね代行出来る、と聞いております」

蜜蝋で固める。巣の中心。代行……？　ダンジョンに来てからの、黄色のクマの言動が脳裏をよぎる。

『この大陸には、まだハンナ族に襲われていないダンジョンが幾つかある。ハンナ族がダンジョンを選ぶ、基準なんてのがあるのか？』

「私たちは、草花を愛する一族ですの。草木のないダンジョンには暮らせませんわ」

妖精王はひとつ、大きな息を吐いた。

『なるほどな。アンタは、確かにまっとうにしゃべってくれてるようだ。今、野良ダンジョンになってないダンジョンは、どれも、灼熱のダンジョン、氷結のダンジョン、砂漠のダンジョンなんかの、植物が少ないダンジョンばかりだ。他のハンナ族は知らねぇが、アンタはそれなりに信用出来る』

妖精王の言葉は続いていたけれど、オイラは無理やり割って入った。

「ちょ、ちょっと待って！　今、何かがつながりそう……待って待って待って……」

オイラの突然の奇行に、妖精王のオッチャンと蓮華ちゃんが呆気にとられてこちらを見ている。

違和感。そうだ、蓮華ちゃんは言っていた。使者を取り込む。使者を食らう。使者を固める。使者の代行をする。

黄色のクマは何て言ってた？　ダンジョンの魔獣とダンジョンマスターがつながっていないと、魔獣たちは？　野良ダンジョンにも魔獣はいる。ってことは？

「ねぇ、ひょっとして……邪妖精に『食われた』ノッカーの人たちって、死んでなくない？」

「『『『……はっ？』』』」

オイラ以外の、全員の目が真ん丸になり、声がハモった。

「ミュールちゃんが言ってたんだよ。ダンジョンの魔獣はダンジョンマスターとつながってないと死んじゃうって。それと、さっきから蓮華ちゃん、使者を『取り込む』とは言ってるけど、『殺す』って一度も言ってないんだよ。使者の能力を代行するのに必要なのは使者を蜜蝋で固めて巣の中心にすること。逆に言えば、巣の材料の蜜蝋で固めているだけ。人間なら確実に死んじゃうところだけど……ノッカーは人間じゃない。むしろ完全に殺しちゃったら、ダンジョンそのものが崩壊しちゃうんじゃないかって思った……んだけど」

思いつくままにしゃべっていたオイラは、あまりにも血走った目を向けられて、思わず尻込みした。

「いや、えっと、あの、違ってたらごめん」

妖精王は、傍らで両手で口元を押さえ震えている奥さんに視線を向けた。それから険しい視線を宙にさまよわせ……オイラと蓮華ちゃんをゆっくりと見比べた。

『そうか……そうだ……。ノッカーは、人間のように呼吸しなきゃ死んじまうわけじゃない。体のどこかが土にくっついてさえいれば、仮死、冬眠状態になるはずだ。生きてる、その条件なら生きてられる！　ははっ、まじかよ。先入観ってなぁおっかねぇもんだな。邪妖精に襲われたら最後、生きちゃいねぇと思い込んじまってた。あいつらが……親父やお袋が生きてるかもしれねぇなんて、これっぽっちも考えもしなかったぜ！』

妖精王は感極まってホロホロと泣き出した奥さんを抱きしめ、グルグルと振り回した。それから満面の笑顔でオイラの手を取った。

『ありがとう！　ありがとよノアさん！　俺らだけじゃあ、思いつきもしなかった！　あいつらを取り返せるかもしれねぇ、なんて』

深く考えずにしゃべってしまったオイラの背中に冷や汗が流れ落ちる。これで、もしも誰も生きてなかったりしたら……

「いや、でも、あの、あくまで可能性っていうか……ダンジョンマスター以外の人たちはどうなってるか分かんないし、ずっと前に固められてた人たちは、寿命とかだってあると思うし」

『何言ってんだ。百人中九十九人が死んでたとこで、そりゃあもう、とっくに覚悟してたことだ。それでも、一人が助かるかもしれない可能性があるんなら……。そりゃあ、希望だ。希望だよ、ノアさん。真っ暗な闇の中に、おめぇさんが光明《こうみょう》を投げかけてくれたんだ……本当に、本当にありがとよ』

男泣きに泣き出した妖精王のオッチャンの、オイラに触れている手から、何か温かいものが流れ込んでくる。

それが、オイラの前掛けのポケットに入っている『妖精の珠』まで到達すると、『妖精の珠』がまばゆく輝き出した。

「えっ、え？　なに……？」

オイラが取り出したそれを見て、ラウルが驚いたように目を輝かせる。

『ノアさん、それ……「妖精王の宝珠《ほうじゅ》」ですよ！　すごい、初めて見た……』

「妖精王のほうじゅ？　いや、これはポポちゃんにもらった『妖精の珠』だけど？」

『違いますよ！　いえ、違わないんですけど、「妖精の珠」が変化したんです！』

ラウルの言葉に、泣いていたオッチャンまでもが顔を上げ、オイラが前掛けから取り出した珠を見つめた。

『ほぉ、俺っちも初めて見た。作った俺っちが言うのもなんだが、こりゃあ珍しい。「妖精の珠」っていうなぁ、妖精王と同格の妖精が、友だちと認めた異種族に贈るもんだ。「妖精王の宝珠」っつうのは、妖精王格が恩人と認めた異種族に贈るもんで……家族同然の証明だ』

「家族同然？」

首を傾げるオイラに、ラウルがさらに説明してくれる。

『「獣の森」から魔法陣を踏んで「妖精の森」へ行くのは、玄関から正式なお客さんとして「妖精の国」っていう家に入っているようなもの。一方で、僕たち妖精が、どんな場所からも「妖精の国」に入れるのは、家族が、縁側や窓から家に出入りしているようなものです。つまり、「妖精王の宝珠」を持つ者は、どこからでも「妖精の国」に入れますし、どこからでも出られるようになるんです。もちろん、「妖精の国」を歩いていても、つくしさんみたいにうっかり捕まることもありません』

「え……それって、かなり凄い？」

王都から、ラウルのダンジョンまで、普通の人間の足なら一か月。オイラたちが転送の魔法陣をハシゴしても最短で七日。それなのに、ラウルはこの小さい体でわずか五日で到着している。

ラウルより大きなオイラが、『妖精の国』を突っ走ってきたら？　ラウルのダンジョンに、日帰りで遊びに来ることだって出来るかもしれない。

『破格ですよ。人間で「妖精王の宝珠」を贈られたなんて……ここ数百年、ないんじゃないですか？』

『おう、俺っちも初めて見るな。「妖精王の宝珠」のキモはな、元になる「妖精の珠」を贈った妖精と感謝した妖精が、別の種族じゃなきゃならねぇ、ってことなんだ。少なくとも、ふたつ以上の妖精族と懇意《こんい》でなきゃならねぇ。それが、人間にとってどれだけ難しいことか』

「これがあれば、オイラがうちに帰っちゃっても、『妖精の国』を通って、ラウルのダンジョンに簡単に遊びに来られる、ってことだよね。ありがとう、大事にするね」

ニコニコとお礼を言うオイラに、妖精王のオッチャンは複雑な顔をする。

『いや、それをうまく利用すりゃあ人間の世界で大儲け出来るとか、売っぱらえば一生遊んで暮らせるとか、宝石としての価値も天文学的だとか、分かる人間に見せりゃあ一躍英雄扱いとか、妖精王の肩書利用して妖精から金銀財宝ざっくざく、とか……そんなこたぁ思いつきもしねぇわけか、この坊主は？「妖精王の宝珠」を、遊びに来るための足代わりねぇ』

「なにか言った？」

『いや、なんでもねぇよ』

そのとき、蓮華ちゃんをめがけて柱の陰から小さな羽音が一直線に飛び込み、抱きついた。

「まあ、つくし!?　無事でしたのね、心配しましたのよ」

心から安堵《あんど》したように微笑む蓮華ちゃんに、つくしがグリグリと頭をこすりつける。こうやって一緒にいるのを見ると、蓮華ちゃんのほうがつくしよりも頭一つぶん大きい。夫候補って話だったけれど、年の離れた弟のように見える。

「おじょ。たすけ、ありが。うれし！　おじょ。へんじ、まだ、まにあう？　へんじ、もらた」

「まあ、そうでしたのね。まだ、霜月十日には間に合いますものね。つくしのおかげで、慈悲を乞えますわ」

「よかた！　あ、おじょ、やくたつ」

優しくつくしの頭を撫でていた蓮華ちゃんは、ラウルへと揺れる眼差しを向けた。

「正直、私自身考えもしなかったことを指摘されて戸惑っておりますが……私たちの目的は元々ひとつ。神の使者の慈悲にすがるより他に生きる道はありませんもの。ラウルさん。私たちを、受け入れていただけますかしら」

『慈悲……蓮華さんたちは僕たちに何を求めるんでしょうか』

ノッカーの人たちが生きているかもしれないと分かっても、邪妖精と思っていたハンナ族への感情は複雑なのだろう。ラウルは震える声を絞り出した。

「私たちが求めるのは、もちろん、群れが生きられるだけの食料と住まいですわ」

『そうですよね……でも僕たちのダンジョンは本当に出来たばかりで、ハンナ族の皆さんを養えるほどのダンジョンベリーは、まだ、とても……ダンジョンベリーが用意出来なかったら、蓮華さんたちはミュールを固めてしまいますか……？』

「固め……？　ダンジョンベリーというのは、なんですの？」

きょとん、と首を傾げる蓮華ちゃんに、ラウルは俯いていた顔を上げる。

『え？　ハンナ族の皆さんは、ダンジョンベリーを求めているんじゃないんですか？』

「ダンジョンベリー、というのが何かは存じませんが、何かの果実ですの？　私たちの主食は、花の蜜と花粉、稀《まれ》に果実ですわ。私たちが望むのは、ダンジョンのワンフロアを、森や草原、花畑にしていただくこと、そのフロアに住むことを許可していただくことです。果実がなくとも私たちは生きていけますもの。そのダンジョンベリーというものが使者様がたにとって大切なものなら、私たちが無理に求めることはありませんわよ？」

不思議そうに言う蓮華に、ラウルは唇をわなわなとさせると……泣き笑いのような、複雑な表情になった。

『では……では。僕たちのダンジョンは、森と草原のダンジョンです。僕たちは特に何もしなくとも……ただ、ダンジョンに住む許可を与えるだけで、蓮華さんたちの要求は果たせる、と……？』

「その通りですわ」

肯定する蓮華に、ラウルはよろよろとしゃがみこんだ。

『はは、は……　僕らの畏れて来た邪妖精の求めるものが、たった、たったそれだけだったなんて……　僕は、僕らは、今までいったい何を……』

ひっく、としゃくりあげるラウルの表情には、安堵よりも悔しさが滲んでいるように思う。

邪妖精に狙われたダンジョンは、ほぼ絶望。それならば、予告状が発見された時点で、ダンジョンから逃げられないダンジョンマスターだけを残し、他の全てのノッカーはダンジョン外に避難《ひなん》するーーというのが、被害を抑える最善の手だったはずだ。

けれども、ノッカーたちはそれをしなかった。逃げられない家族を、仲間を守ることを選び、そして、結果として滅びる寸前にまで数を減らしてしまった。

もっと早く、予告状を解読出来る人間を探し出していれば。もっと早く、会話を試みていれば。

後悔は尽きないだろう。

「もし慈悲をいただけるのでしたら、こちらは女王《はは》以外、全てを差し出す用意がありますわ」

潔い蓮華ちゃんの言葉に、ラウルはとつとつと言葉をつむいだ。

『そうか……蓮華さんたちはダンジョンベリーを必要としない……ダンジョンベリーというのはダンジョンの中に実る、うちの妹の薬で……妹は、ダンジョンベリーがないと生きていけないんです。ハンナ族がダンジョンに来てから、ダンジョンベリーが実り始めたそうなんですよ。ハンナ族の人たちにいてもらえば、冒険者の集まらない辺鄙なダンジョンでも、妹はきっと生きていける』

ラウルの声が、急に乱れた。

『怖い……僕はずっと怖かった。ミュールが、ダンジョンマスターのスキルに目覚めたときから。僕は、ミュールを守れるんだろうか、守り切れるんだろうか。僕が逃げるわけにはいかない。ミュールはどんなに怖くてもダンジョンから逃げられないんだから。蓮華さんたちを追い出してしまったら、次はもっと恐ろしい邪妖精に襲われるかもしれない。次のハンナ族は、話が通じないかもしれない。蓮華さんたちがいてくれたら、他のハンナ族が来ても何とかなる？　ミュールは死なない？　もっと、もっと生きられるでしょうか？』

下を向いたラウルの目から、ぽたっぽたっと涙の雫が滴《したた》った。

オイラの知るラウルは、いつでも明るくて……でも、心の中は張りつめていたのかもしれない。

「あ、あの……ラウルさん？　それって私たちを受け入れてもいいと、そうおっしゃってますの？」

信じられない、といった口調の蓮華ちゃんに、ラウルがかすかに首肯《しゅこう》する。

「蓮華さんたちを盾にするようで申し訳ないんですけど」

蓮華ちゃんは蜂蜜色の髪をなびかせて、大きく左右に首を振った。

「いいえ、いいえ！　感謝致しますわ。ハンナ族は、恩を忘れません。ラウルさんは、今、私たちに対して、圧倒的に有利な状況にいるんですのよ？　私たちの命運はあなたの手のひらの上。あなた方が、ハンナ族を……邪妖精と呼ぶ存在を嫌っていたなら、なおのこと。そこにどんな思惑《おもわく》があろうと関係ありませんわ。この寒空に、身一つで投げ出された私たちを受け入れてくださること……決して、後悔はさせません。他のハンナ族が、ラウルさんたちのダンジョンを襲うならば、私たちは、最後の一兵になるまで、あなたたちを守るために戦いましょう」

静かに……けれど、決意を込めて断言すると、蓮華ちゃんは拳を強く握り締めた。

その体は、俯くラウルよりも小さい。けれど、たくましく美しかった。

その美しさに打たれたようにラウルの視線が徐々に上を向き、差し出された蓮華ちゃんの手を取った。

あんなにも邪妖精を恐れ、タヌキがくわえてきたつくし一人におびえていたラウルが、しっかりと蓮華ちゃんの手を握り返した。

『よろしく、お願いします……』

「こちらこそですわ」

柔らかく微笑む蓮華の笑顔は、妖精城の柔らかな光を浴びて、キラキラとしている。

いつの間にか、妖精城の光も元に戻ったようだ。

「あ、そうだ、蓮華ちゃん」

オイラが呼ぶと、蓮華ちゃんは小首を傾げてこちらを見た。

「他の野良ダンジョンのノッカーたちを解放するのに、協力してくれない？」

「え……えぇぇぇぇっ!?」

オイラの言葉に、蓮華ちゃんが悲鳴に近い声をあげる。

「確かに、ラウルさんのダンジョンが新たなハンナ族に襲われたなら、共に戦いましょう、とは言いましたわ？　けれど、自分たちが満ちているのに他のハンナ族の巣に攻め込むというのは、その……ハンナハンナの教えに背く行いなのです、わ」

必死に涙目で訴える蓮華に、オイラは首を傾げる。

「ん？　違う違う。別に、他のダンジョンに攻め込もうってんじゃないよ。他のダンジョンにいるハンナ族との、通訳っていうか仲立ちをしてもらおうかと思って」

「……通訳とは？」

「他のダンジョンにいるハンナ族の人たちに、ノッカーたちを解放してもらえるよう交渉出来ないかな」

オイラの言葉に反応したのは、それまで黙って成り行きを見守っていた妖精王夫妻だった。

『交渉？　そんなことが可能だと？』

『今、ダンジョンを乗っ取っている邪妖……失礼、ハンナ族の方たちは、今の生活に満足しているのでは？　そこに、見ず知らずの他人が行って、ダンジョンマスターを解放して欲しい、なんて言ったところで、相手にしてもらえないのではありませんか？』

そんな二人に、オイラは首を横に振る。

「ダメ元でもやってみる価値はあると思うんだ。蓮華ちゃん、言ってたよね？　神の使者……ダンジョンマスターを取り込みダンジョンを乗っ取ることは、神の教えに反する罪深き行いで、死後ハンナハンナの元へは行けなくなるって」

「……本当に、私の言うことをよく聞いてくださっているのですね」

蓮華ちゃんが、口元に手をあてて、ほぅ、と息をつく。

「ここで言う、ハンナハンナの元へ行けなくなる、って言うのは、オイラたちでいう地獄に落ちるって意味だと思うんだ。ハンナ族の人たちって、みんな信心深いでしょ？　自分たちの窮地を救ってくれたせいで、女王サマが地獄落ちなんてことになったら、ハンナ族の人たちの心労も凄いだろうし。それが、今からでも取り返しが利くなら……どう思う？　つくし？」

ラウルと妖精王夫妻が、意外だという顔で蓮華の後ろにいるつくしを見やる。

「あ？　あ、じょお、たすかる、うれし。じょお、ハンナハンナ、いける、うれし」

つくしが、嬉しそうに翅を震わせる。蓮華ちゃんが不思議そうにオイラを見つめた。

「ご存じでしたの？　つくしが、ノアたちが野良ダンジョンと呼ぶ……ダンジョン産まれのハンナ族だと」

蓮華ちゃんの言葉に、妖精王夫妻がビックリしたようにオイラとつくしを交互に見やる。

「んー、つくしはね、最初に会ったとき、ハンナ族がダンジョンに求めるものを、ダンジョンベリーだって言ってた気がするんだ。でも蓮華ちゃんは、ダンジョンベリーって何？　って感じだったでしょ？　あと、蓮華ちゃんがつくしのことを、『他の群れから来た、夫候補』って言ってたから。多分つくしは、あんまり花とかが豊富じゃないダンジョンに住んでたんじゃないかなーって。ハンナ族がダンジョンに住んでるだけで湧いてくるダンジョンベリーは、便利な食料だよね」

「ん。あ、たべた。おいしない。でも、たべる」

妖精族にとって貴重なダンジョンベリーも、ハンナ族にとっては冒険者御用達の保存食と同じ扱いらしいと知って、オイラは苦笑する。

「正しい推理ですわ。つくしの出身は、荒野のダンジョンですの。草木はあるものの、花は少なく、蜜はもっと少ない。住んで住めないことはありませんが、冬がないことを除けば、外のほうが暮らしやすいほどだと聞きます」

「だったら、最初は、そのダンジョンの群れと交渉してみたらいいかも。ダンジョンマスターが復活すれば、荒野だけじゃなくて森も作ってもらえるかもしれないし、それが無理でも、荒野に花を増やしてもらえるかもしれない。逆に、もう既にいっぱい蜜の取れるダンジョンとは交渉が難しいかもしれないけど……」

言いよどんだオイラに、蓮華ちゃんが断言する。

「さほど心配することはないと思いますわ。ハンナ族の者にとって、神の使者に受け入れていただくことは、崇高なる使命なのです。それを失敗して使者を取り込むことは、屈辱《くつじょく》であり汚辱《おじょく》、死すら生ぬるい生き恥。その一点において間違いはありませんわ。ただそれよりも私が気がかりなのは……」

『分かるよ、嬢ちゃん。ノアさんは気がいいから考えてもみねぇんだろうが……ハンナ族がダンジョンマスターを解放したとして、その解放されたダンジョンマスターが、おとなしく同盟に応じてくれるわきゃあねぇ、ってことだな』

妖精王の指摘に、オイラは横っ面をひっぱたかれた気がした。

「……そうか、そうだよね」

『囚われてたノッカーにとっちゃあ、ハンナ族は加害者で、仇《かたき》だ。囚われてる間に死んでる家族もいるかもしれねぇ。まぁ、ノアさんの説が正しきゃ、多くは仮死状態だ。意識もねぇし、そんなに年もとっちゃあいねぇと思うが……何十年、何百年と閉じ込められてた事実にゃ違いねぇ。俺っちが説得したところで、素直にハイたぁ、言わねぇだろうな』

「ということは、ダンジョンに住んでいたハンナ族は、住まいを追われることになりますわね。……けれど、考えてみれば、急場を凌いだ後もダンジョンに留まり続けるのは、一度恥辱にまみれた魂をハンナハンナがお許しになるはずがない、という思い込みによるものですわ。取り返しがつくのなら……暖かな季節、外に一から新たな巣を築くことも出来なくはない」

蓮華ちゃんはひとつ頷いた。

「説得してみましょう。女王を救うことは民を救うこと。民を救うことはハンナハンナの御心に添うこと。……ふふ、私が神の使者と他の群れの仲立ちをするなんて。こんな人生、昨日まで考えたこともありませんでしたわ」

泣いているような、笑っているような。吹っ切れた表情で、蓮華ちゃんが天井を見上げた。

そこに、今まで黙っていたラウルが、不意に口を開いた。

『……ダンジョンマスターを解放してくれて、でもダンジョンの外で生きるのが難しいハンナ族の皆さんには……うちのダンジョンに来ることも出来ると、伝えてください』

「え？」

『うちのダンジョンは、一階から五階まで、全部森と草原エリアです。ミュールのダンジョンマスターとしてのレベルが低いので、今のところ、十階が限度ですが、ダンジョンを広げることも出来ます。一階ごとにひとつの群れに住んでもらうとして、十まででしたら受け入れられます……』

『何言ってんだ、ラウル!?』

邪妖精を散々怖がっていたラウルの思わぬ言葉に、妖精王のオッチャンまでもが、目を丸くしてラウルを見つめた。

『大丈夫です。大丈夫』

自分自身に言い聞かせるように繰り返すラウルは、それでもどこか、覚悟を決めた男の顔をしていた。

『これが、僕に出来る、最善です』

23　空の彼方へ

ラウルと蓮華ちゃんとオイラがダンジョンへ戻ると、黄色のクマはカウラやユーリ、リリィやマリル兄ちゃんたちとすっかり仲良くなっていた。なぜかカウラを信仰レベルで慕《した》っている。

人間不信を前面に出していたのが嘘のようで、カウラの持つ商会と共同でダンジョンを観光地化する計画まで立てていた。

レベル100越えの冒険者五人を呼ぶより、低レベルの一般人千人を呼ぶ方が簡単で、ダンジョンベリーも稼げる——と、カウラの受け売りをオイラにも得意満面で説明してくれたけど、何があったんだいったい。洗脳とかされてないよね？

魔力の檻を維持していてくれたユーリにお礼を言ってハンナ族を解放し、「使者との同盟がなった。条件は……」といった内容を説明しているらしい蓮華ちゃんを見ていると、黄色のクマがポンと手を打った。

『そうだノア、お前に客が来てるっつー』

「お客さん？　ダンジョンに？」

『テイムしてない魔獣連れだったけど、特別にダンジョンに入るのを許可してやったからな、感謝しろよ。今、リリが迎えに行ってるからそろそろ』

言い終わらない内に、リリィが戻ってきた。

「あれ？　ルル婆にララ婆。よくここが分かったね。それと……？」

見慣れたリスの婆ちゃんたちと、見慣れない大柄な獅子の獣人に首を傾げる。

よく見れば三人はそれぞれ大きな籠を背負っていた。ほとんどを収納魔法で済ませる婆ちゃんたちが武器以外の荷物を持っているのはとても珍しい。

「十日ぶりじゃね、ノアしゃん。ちょいとノアしゃんの手を借りたいことが出来てね。ここの大体の位置はノッカーの坊やに聞いていたし、リリから定期連絡も受けてたからね。伝書鳩でひとっ飛びじゃわ」

「オイラも婆ちゃんたちに用があったからちょうど良かった。で、婆ちゃんたちがオイラに手を借りたいって……」

「ひぁ」

唐突にリリィの小さな悲鳴が聞こえて、オイラたちはいっせいにそちらを見つめた。

「どうしたのリリィ？」

リリィは眉尻を下げて、情けなさそうな顔で背負ったリュックを降ろした。

「タヌキ……背中で粗相《そそう》しちゃダメ」

「何、リリィってばタヌキ連れてきてたの？　リュックの中でオシッコされた？」

「背中が濡れた」

リリィが開いたリュックを一緒に覗き込み——オイラとリリィは息を呑んだ。中からは、生臭いニオイと……血臭。

「タヌキ、どこかケガして……何これ？　毛玉？」

「ノア、違う！　赤ちゃん！　これ赤ちゃん！」

黒と焦げ茶のタヌキの腹に、小さな白い毛玉がひとつ。

リリィに言われてよく見ると、それはちんまりとした耳の小さな小さな子猫だった。まだ毛も乾いておらず、糸のようなへその緒《お》を長くひいたまま、おっぱいを前足でモニモニし、ちぅちぅと吸い付いていた。タヌキが体を丸めて子猫を舐めている。

「うっそ、タヌキって雌だったんだ。オシッコじゃなくて、お産のときに破水した体液……羊水《ようすい》？が染みだしてきたわけか」

オイラとリリィで囲んでいたリュックの中に、不意にぶっとい腕がずぶっと入った。驚いている内に、獅子の獣人が親指ほどの小さな子猫をつまみ上げていた。

「こりゃあ驚いた。綿毛猫じゃないか」

「綿毛猫？」

オイラの質問に獅子の獣人が答えてくれるより早く、リュックから飛び出したタヌキが獅子の獣人に躍《おど》りかかっていた。

「フシャアアアアッツッ！！　ミギャッ、ミギャアアアアッツッ！！！」

「うわぁっ」

「突然子猫を盗られたら、そりゃ母猫は怒るよ！　早く毛玉を放して！」

精悍《せいかん》な顔をたっぷり格子柄に引っかかれてから、獅子の獣人は子猫を離した。

それをハシッとくわえると、タヌキは一目散にミミィの後ろへと走り去った。モフモフしたしっぽの後ろから、『ぅぅぅぅ』という唸り声が聞こえてくる。

しっぽを垂らし、耳を寝かせた獅子の獣人に、ルル婆が苦笑しつつ治癒魔法をかけた。

「すまん、つい。申し遅れた、俺はソイ王国の保護観察官でムスタファという。先日、デントコーン王国から密輸入された多数の綿毛猫の摘発があったばかりでな。思わず手を出してしまった」

婆ちゃんたちとムスタファさんは背中の籠を降ろし、蓋を開けた。

「綿毛猫って魔獣？　うちのタヌキは普通の猫だよ？　なんでその子猫が魔獣になるの？」

そう尋ねつつ籠の中を見ると、たくさんの小さな小さな子猫たちが入っていた。

タヌキの産んだ毛玉と同じくらいの大きさだ。しかし、先ほど見た産まれたばかりの子猫と比べても、何だか痩せていて元気がない。目は目やにで固まっているし、動きもゆっくりで、下痢《げり》のニオイもした。

「綿毛猫ってのは、自身の死に際に幾つもの綿毛を飛ばし、近くにいた小型の獣の腹に宿り再生する、という種族特性を持つんだ。その猫は綿毛を受け入れたんだろう」

「へぇ、初めて聞いた」

「今、ソイ王国の貴族は空前絶後のペットブームでな……デントコーン王国の絶滅危惧魔獣《ぜつめつきぐまじゅう》が、数多くソイ王国へと密輸入されているんだ。母体が複数いれば綿毛猫も増える。悪徳な業者が種族特性を利用して、綿毛猫を虐待《ぎゃくたい》し、わざと綿毛を飛ばさせて個体数を増やそうとしたらしいんだが……生まれたのはなぜか全て虚弱《きょじゃく》でな。ろくに乳も飲めず弱っていた。生き残ってるのは百匹ほどだ」

「え、もしかして毛玉——タヌキの子猫も虚弱なの？」

「生まれたばかりの今は元気そうに見えるが、他の綿毛猫を見る限り……」

腕を組んで唸るムスタファさんに、ララ婆が続ける。

「そこでノアしゃんに頼みがあるんだよ。ノアしゃん、火竜女王をテイムしていない今、テイム枠は100以上空いてるね？　テイムした魔獣とは体力を分け合える。ノアしゃんにテイムしてもらえれば、子猫は助かるんじゃないかね」

ララ婆の説明に、オイラはポカリと口を開けた。

「この子猫たちを全部テイムするの？　そしたら、オイラの体力を子猫に分けてあげられる？」

「おや知らなかったのかい？　ノアしゃんが火竜女王に毎日しごかれても何とかなっているのは、リムダしゃんが毎晩治癒魔法をかけて、体力も分けてるからだろうってルルが言ってたよ」

「……あー、納得」

リムダさんの治癒魔法はよく効くけれど、体力を消耗する。エスティにズタボロにされる、リムダさんに治癒される、寝る、の無限コンボだと思っていたけれど、プラス竜の体力を分けられるところまで合わさった無敵コンボだったらしい。ありがたいようなありがた迷惑のような。

「じゃあやってみるね」

テイム申請を受け入れてくれるか不安だったけれど、子猫たちはよほど辛かったのか、すがるように申請を受け入れた。

その数、毛玉を合わせて百三匹。一気に体力を持って行かれて、何だか視界が白くなってクラクラする。

「おお、心なしか子猫たちが持ち直した気がするな」

「……オイラのほうが無理かも。何コレ気持ち悪い……立ってらんない……」

ムスタファさんが感動したように声をあげたけれど、それどころじゃない。このままだとテイムを維持してられない。

「ちょ、ノアしゃん!?」

へたりと座り込んだオイラに、慌てたルル婆が駆け寄ってくる。それを見た黄色のクマが肩をすくめた。

『なんだかアンタら、効率の悪いことやってんな。どう見ても、こいつら魔素欠乏症だっつー。母体ってのが魔素のない動物だったんじゃねぇか？　綿毛猫だって立派な魔獣だ、魔素がなきゃ生きていけねぇっつー』

「詳しいね、このクマ」

ルル婆が意外そうに目を見開く。

『俺様ぁダンジョンマスターだからな。しかも小型魔獣は専門なんだ。どうだ、この綿毛猫、うちのダンジョンに引き渡すってんなら面倒みてやらなくもない。ダンジョン魔獣にしちまえば保護プログラムが働くからな、自動で魔素も供給されるし死にづらくなる。今なら世話する人手もたっぷりだ』

黄色のクマの勧誘に、ムスタファさんがヘニョリと眉尻を下げた。

「この子猫たちを冒険者と戦わせるのか？」

そこに割って入ってきたのはカウラだった。

「心配ありませんよ。ここのダンジョンは、冒険者向けじゃなくて、一般向けの観光地に改造する予定ですからね。ソイ王国で虐待され保護された絶滅危惧魔獣――いいウリになります。そうですね、人には見せられない魔獣を闇で手に入れ優越感に浸るより、わざわざ他国まで動物を愛でるためだけに旅を出来ることこそ富裕《ふゆう》の証、そんなふうに話題を作れば良い。需要がなくなればソイ王国との間で問題になっていた密輸出入の件も落ち着くでしょうし、ムスタファさんも協力してくれるでしょう？」

三日月のような弓なりの目で微笑まれて、ムスタファさんも思わず頷く。

「わ、分かった。なんだかアンタ、俺の妹に似てるな」

「それは何とも光栄ですね」

話がまとまったところで、オイラは綿毛猫たちのテイムを解く。

さすがにテイムしたままダンジョン魔獣には出来ないし、ダンジョン魔獣はテイム出来ない。

黄色のクマは難なく綿毛猫たちを説得し、片っ端から登録していった。その途端、わーっとどこからともなくハンナ族が現れて、嬉しそうにお世話し始めた。

『そっちの子猫はどうするよ？　ノアが名前付けたせいか元気そうだけどな』

「え、毛玉？」

オイラには名付けた自覚はなかったけれど、そういえばいつの間にか子猫を『毛玉』と呼んでいた。それで存在が安定したのだとクマは言う。

座っているミミィのしっぽの陰、幸せそうにタヌキのおっぱいに吸い付いている毛玉を見る。この母子を引き離すのは可哀相すぎる。

「一匹ならオイラも大丈夫そうだし、テイムしたまま連れてくよ。もし魔素不足な感じがしたら、ソッコーで戻ってくるから」

『ま、ノアには世話になったからな。出来る限りのことはするぜ？』

いつもの調子でそう言ってから、急に黄色のクマはモジモジし出した。それから周りを見回し、他の誰の視線も自分に注がれていないのを確認すると、両手でボコッと頭を外した。

「えっ、えっ⁉」

『その……本当にありがとう。アタシもお兄ちゃんも助けてくれて』

ソバージュのかかった淡い黄土色の髪がふわりと揺れた。

柔らかに細められた琥珀《こはく》色の瞳、薔薇《ばら》色の頬の可愛い女の子が、クマの頭を小脇に抱え、微笑んで頭を下げた。

「えっ⁉　え、ミュールちゃんそれ……」

『騒ぐんじゃねぇっ！』

素早くクマの頭を装着したミュールちゃんは、照れ隠しの飛び蹴りをオイラの後ろ頭に残し、そ

そくさと離れて行った。

「しゃて、綿毛猫の件はこれでいいね。それでノアしゃんの用ってなぁ何だったんじゃね？」

ルル婆に声をかけられて、オイラはそうだったと婆ちゃんたちに向き直る。

「リリィの父ちゃん、科戸さんの話」

「科戸の？」

そういえばムスタファさん——言いづらい、ムーさんに聞かせて大丈夫なのかと思って婆ちゃんたちに確認すると、なぜか構わないと言う。

「科戸さんは地上10000メートルの風竜の領域にいるってエスティが言ってたよね。婆ちゃんたちでも、10000メートルの上空には行けないものなの？」

ルル婆ララ婆は渋い顔をした。

「あたしゃらも、半世紀もの間指をくわえて待ってたわけじゃない。科戸が風竜の領域にいる可能性は考えた。重力魔法に風魔法、さらにはワイバーンを手懐けたりもしてみたが、ワイバーンが飛べるのは巣がある地上8000メートルまで。そこまで行くと空気も魔素も薄くてね、さらにもう2000を上がるのは、大賢者ルルをしても無理だったんだよ」

そのワイバーンを流用したのが、色々便利に使っている伝書鳩と。なるほど。

オイラは懐から一通の封書を引っ張り出した。

「これね、セバスチャンさんに一撃入れられたお祝いにエスティに書いてもらった風竜女王への紹介状」

「は？」

「まずは会って話してみないと、話が進まないと思って。それでね、風竜女王からの言づてが――

『ここまで来られたら会ってやらぬでもない』って」

なぜかそろって眉間に手を当てている婆ちゃんたちが、絞り出すように声をあげた。

「ツッコミどころがありすぎて……」

「ともあれ、それは試練じゃね。自分が時間を割《さ》くに相応しい実力を示せってことじゃろう。大層なお宝じゃが、どの道上空一万メートルへ行けなければ宝の持ち腐れ」

「うん、オイラも無理筋だなーと思ってたんだけどね、ここに来てひとつ思いついたんだよ」

不審そうな顔をして、婆ちゃんたちがオイラを見つめる。

確かに、大賢者と大盗賊の二人がワイバーンまで使って五十年も試し諦めたことを、高々十四やそこらの魔法も使えないオイラが解決出来るはずはない。……普通なら。

「王都からここまで、普通の人間の足なら一か月、オイラたちが転送の魔法陣をハシゴしても七日。それなのに、ラウルはこの小さい体でわずか五日で到着してるんだよ。『妖精の国』を通って。人間だったら三日で着くんじゃないかな」

「『妖精の国』？　そこを通ると時間が短縮出来るってのかい？　確かに大発見ではあるけど、それが空と何の関係が」

「まぁ聞いて。そこでオイラは仮設を立てたんだよね。ラウルは15センチ。大体人間の十分の一。人間の世界と重なるように存在するけど、おそらく『妖精の国』も、人間世界の十分の一なんじゃないか、それが人間の世界と不可思議に重なっているから、『妖精の国』を通ると距離が短くなるっていう不思議現象が起こるんじゃないのかって」

妖精王によって妖精城は伸び縮みするらしいって話を聞いて思ったのが、ひょっとしたら『妖精の国』も伸び縮みするのかもしれないということだった。

「なるほどね、まぁ理解出来なくもない」

おそらく頭の中で高速で情報を整理していてるだろうルル婆が、曖昧《あいまい》に頷いた。

そこから、何かに気付いたようにオイラの顔を凝視する。

「……まさか」

「そう、横に十分の一なら、縦にも十分の一。ルル婆の重力魔法にリリィの風魔法を合わせたら、地上千メートルくらいになら、行けると思わない？」

ララ婆が、カクリと顎を落としそうな顔をする。

「……なんともまぁ、おったまげた」

「普通なら『妖精の森』を通らないと『妖精の国』には行けないし戻れないんだけどね。これ——『妖精王の宝珠』があれば、どこからでも『妖精の国』に入れるし、出られるんだって」

オイラが取り出した『妖精王の宝珠』を見て、ルル婆までもがポカリと口を開けた。

「たまげた、本当に本物じゃわ。はは、いったいどこを目指しとるんじゃね、ノアしゃんは」

ルル婆の言葉に、オイラは笑って拳を突き上げた。

「そんなの、風竜の領域にあるツムジ石に決まってるじゃないか！　最速の石、マグマ石と並ぶ鍛冶士の夢！　風竜の領域に行くのは、婆ちゃんたちにもリリィにも絶対に譲らない！」

オイラの、『最強の鍛冶見習い』への道は、まだまだこれからなんだから。

24　タヌキのひとりごと2

俺は、誇り高きマンティコア。名は、タヌキ。

つい今しがた、子猫を産み落としたところだ。

羊水に濡れた体を懸命に舐めてやっているのだが、この子猫、さすがは魔獣。小さい態《なり》で魔素の大食らいだった。

魔物の領域の外にいる俺には、大した魔素の蓄えがない。体中の魔素を奪われて体調は最悪だ。

そこまでしても産まれた子猫は魔素不足で、命の灯《ひ》が弱く思えた。

舐めている内に、張り付いていた毛が徐々にふんわりとしてくる。

子猫を発見した小娘が何か言っているが、少しくらい初乳を飲ませてやってからでも構うまい。

まだ目の開かない子猫を、頭で乳のほうへと押しやる。

ん？　んん？

乳を吸われた瞬間、体の奥で、何とも形容しがたい感覚が産まれた。

乳房《ちぶさ》をもにもにと押す、ちみっちゃい肉球と、チクチクとした爪の感覚。さっき腹から出たばかりだというのに、肉球はもう冷たい。

なんだ？　この感情は？

「なにコレ？　毛玉？」

「ノア、違う、これ赤ちゃん！」

気付いたらしい坊主が首を傾げているが、普段は感情の薄い小娘が、目と口をめ一杯に見開き、あわあわする。

次の瞬間、見たことのない獅子の獣人が、何か言って俺の子猫をひったくった。

!?

「フシャァァァアアアッッッ！！！」

俺の！　それはっ、俺のだ！！！　俺の子に、何してくれてやがるっ！

「フギャア！　ミギャヤヤヤァァァアアアアアッ！！」

無礼な人間な男の顔を格子縞《こうしじま》にひっかいたところで、俺はまだへその緒の垂れている子猫をくわえて、フンっと鼻を鳴らした。

見たことない大男だが、坊主が「早く放してっ」と割って入ったから、この辺で勘弁してやる。

ん？　んんん？

なんで俺は、あんなに腹が立ったんだ？　子猫がいなくなったら、ステータス二倍がなくなるから？

いや、それは子猫を産んだ時点で完了している。なら、なぜ？

「んに」

モフモフしっぽのリスの獣人の後ろに寝っ転がり腹を見せて子猫に母乳をやり終わると、今度はケツを舐めて排泄《はいせつ》をうながす。子猫は舐めてやらないと、うまく排泄することが出来ない。排泄物は母猫が舐めとるから、巣の中はいつだって清潔《せいけつ》だ。

ここが魔物の領域ではないのが痛い。

妊娠中も、俺の中の魔素を子猫が吸い取っていくのが感じられた。母乳からも俺の魔素が子猫へと流れ込んでいく。

今の俺には、それを補充する術がない。俺の中の魔素が尽きれば、いつかの『夕闇谷』のときのように意識がなくなるかもしれない。

魔素が吸えなくなった子猫はどうなる？　大男の言った綿毛猫たちのように、死ぬのか？　死ぬ？　俺の……子が？

腹の底が急激に冷え、体中が引きつるようだった。恐ろしい。この小さな命を失うことが。

こんなところにいる場合じゃない。子を連れて魔物の領域を目指さなくては。

「え、毛玉――タヌキの子猫も？」

坊主がそう言った瞬間、ロウソクの火のように揺らいでいた子猫の命が、急激に安定するのを感じた。

魔物の領域でないことなどへでもないほどの力が、子猫へと注がれる。

子猫と坊主との間に、魂のつながりが産まれる。

坊主は意識していたのかも分からないが、今のは名づけだ。

1レベル分の、力を分け与える行為。

良かった、これでなんとかなる。

……ん？　んんんん？

俺は、安堵している？　あまつさえ、坊主に感謝している？　子猫が無事で、良かった？　生きられそうで、良かった？

魔獣と魔獣の関係は、ギブアンドテイク。子猫が愛しい、なんて。何かの気の迷いに違いない。

保護観察官と名乗った大男と、牛のじいさん、羊の騎士娘とが、密輸入の黒幕がどうとか人間も拐かされて云々《うんぬん》とか話し始めたけれど、俺にはそんなもの、どうでも良かった。

再び乳を揉む子猫――毛玉の手の力強さ。チクチクする爪。ちょっと冷たい肉球。俺より高い体温。眠気に目をつぶる俺の腹を満たすのは充足感。

俺は誇り高きマンティコア。子どもがいるというのも、悪くはない。

幕間　王と先王

「で、あれは何者《なん》じゃ、ジェラルド？」

ノアたちとの旅から戻ってきて、親父――ノアにご隠居と呼ばれていた牛の獣人――は、俺の顔を見るなり開口一番にそう言った。

「何者もなにも、貴方の孫ですよ。王子として育てましたから、普通の王女とは違うと思いますが」

ユーリが王位継承権を放棄したいと言い出したことにより、次期国王として急浮上したのがカウラだ。ユーリに言われるまで考えてみたこともなかったが、俺自身も、女だという点を除けばかなり悪くない人選だと思っている。

なにせ、親の欲目がなくとも、現時点で国王《おれ》の書類仕事の大半を理解し決済代行を出来る、希有《けう》な人材だ。

だが、ぶっちゃけ勇者として育った俺には貴族の人脈がない。元勇者ということもあって民衆人気はあるが、俺が『次期国王はカウラだ』と言っても、多くの貴族は納得しないだろう。

そんな俺がカウラの後ろ盾として頼ったのが、『冷徹《れいてつ》な賢王《けんおう》』と名高く貴族の絶大な支持を得ていた先代国王クレイタス四世、要は親父だった。

「カウラのことか？　カウラは別に理解出来る。あれは施政者《しせいしゃ》の思考、わしと似た生き物じゃ。転移の魔法陣を見れば軍事や流通への転用を考え、費用対効果を計算し、ダンジョン防衛を頼まれればその存在の経済効果を考え、あわよくば外貨獲得の算段を巡らし、己の一挙一動《いっきょいちどう》に国の益不益を乗せる。未熟ではあるが、相応に育てればお前を越える国王になるのは間違いない」

親父によれば、カウラは助けるために赴いたはずのダンジョンを、ノッカーが礼にと差し出した宝石を断ってまで、リゾート化させるよう話を持っていったという。

世間ずれしていないダンジョンマスターを宥めすかし、労働力として蜂の獣人を利用し、ダンジョン内に宿泊施設まで建てさせ、隣国の富裕層を誘致する。

デントコーン王国領にありながら、ソイ王国の首都・ガルバンゾに近い立地。そしてソイ王国の貴族に流行《はや》っている小型愛玩《あいがん》魔獣が豊富に生息しているという好条件は、カウラの目にはまたとない外貨獲得の好機に映ったようだ。

人助けは無償、無私であるべきという勇者の思考回路が染みついている俺には到底思いつかない発想だった。

「カウラでないなら、ノアですか？」

「ノアちゃんは今更じゃろう。確かに諸々と驚かされはしたが、あれはああいう生き物じゃ」

人払いしてある執務室には、俺と親父の他には親父の護衛として侍《はべ》るオーマンしかいない。

元騎士団総括の丸狸は、すました顔で俺の淹れた紅茶をすすった。

「気付いておらんのか。ユーリじゃよ。わしが理解出来んのは」

「ユーリ、ですか？」

意外な名前に俺は首を傾げた。

親父やオーマンは王都に戻ってきたが、カウラとブルームはダンジョンの開発とかでソイミールに残っている。

ダンジョンまで通す道の地盤調査や途中掘るトンネル周辺の水源調査にまで、土の妖精であるノッカーを使いまくっているそうだ。何なら道の整備まで無料《タダ》で出来そうだと上機嫌らしい。

一方でユーリは、いまだノアの旅にくっついている。

「確かに、一見……あやつは、『育ちのせいか自分に自信がない、単純で魔道具馬鹿の幼稚《ようち》な王子』としか見えん」

親父のあんまりな言いように、俺は苦笑いを浮かべる。

だが俺のその半端な笑いも、次の親父の言葉で固まった。

「転移の魔法陣を見ても驚かず、魔法陣の守り——Sクラスの魔獣にすくみ上がることもなく、ただあやつが気にしておったのは魔法陣の仕組みのみ。さらには四万の蜂の獣人を捕らえる魔力の檻を構築し、半日近くもの間維持しおった。それも自身の魔力が足りぬからと、高位竜の魔力を錬成、流用した上でじゃぞ」

「し、しかし……魔力の檻に関してはミミ姐、クヌギ屋の女将の協力を仰いだでしょうし、魔力が足りぬなら竜骨の触媒に頼るのは当たり前のことなのでは？」

俺の脳裏にあるのは、勇者時代のルル姐やヨーネの戦い方だ。

ルル姐は常に魔法の杖に自身の魔力を溜め、魔力容量の最大値を越える魔法をひょいひょい使っていたし、ヨーネは触媒を多用していたように思う。

親父は片眉を上げると、ひとつため息をついた。

「お前の使える魔法は身体強化一択じゃったな……この脳筋が。魔力というのは、一種より二種、二種より三種を混ぜれば混ぜるほど強くなる。しかし制御は二乗三乗に困難になっていく。竜の魔力は確かに強力じゃが、人の魔力とは性質が異なる。瞬間的かつ爆発的な力を得るには向いておるが、長時間の安定した力を得るには不向きなんじゃよ。お前に分かりやすく言うと、一つ目巨人《キュロクプス》の首を刎《は》ねられるような戦斧《せんぷ》で、赤ん坊の産毛を半日も剃《そ》り続けるような真似じゃ。どれだけ無謀なことか分かるじゃろう」

眉間を揉み込んだ親父には、疲労の色が濃い。

「ノアちゃんの作戦には穴があった。『ユーリが魔法の檻を維持し続けられる』という前提が崩れたらどうなるか、全く考慮されていなかった点じゃ。本来なら、多勢に無勢、四万もの軍に囲まれた状況で、たった十三の実戦経験もないヒヨッコが、能力を十二分に発揮出来るはずもないんじゃ。ユーリが檻を霧散《むさん》させれば、戦闘員皆無《かいむ》の本陣の中で数多《あまた》の敵が野放しになる。大将首どころか全員の命も危うい」

親父はトントンと自分の首を手で叩いた。

「ところがあやつが気にしておったのは、檻を構築し続ける不安でも己の安全でもなく、ダンジョンマスターのスキルを魔道具で再現出来ないかというただ一点。本物の馬鹿なのか？　感情が欠落しているのか？　それとも――わしが知らぬ、何かがあるのか」

茶菓子にと用意した羊羹《ようかん》を楊枝《ようじ》で切り分けつつ、オーマンがのんびりと口を出した。

「馬鹿ということはないでしょう。王女たちが妖精王に呼び出された後、一部の若い蜂たちが魔力の檻を壊して王女を追いかけようとしましてな。何度も何度も体当たりしておりました。魔力の檻はびくともしておりませなんだが、蜂が力尽きると判断したのでしょう。ユーリ様は人目につかぬようこっそりと、蜂の腱を傷つけ一時的に飛べぬよう処置しておりました。ええ、針の穴を通すような、実に繊細な剣捌《けんさば》きでした」

初耳だったらしい親父が眉間のシワを深くする。それから俺の顔を見て、目を細めた。

「……さほど驚いてはおらぬようじゃな、ジェラルド」

「いえなに、想定外ではありましたよ」

紅茶のカップを持ち上げ表情を隠した俺を、親父がジロリとねめつける。

「想定外も想定の内といったところか。ふん、いつまでも勇者かぶれの脳筋だと思っておったが、ちっとは国王らしくなったではないか」

それから親父は、執務机の奥へと目をやった。そこにあるのは、後宮へ続く扉——俺のただ一人の妃である、ヌールのもとへと続く道だ。

「カウラに関しては異論はない。あれは理想や正義といった毒に踊《おど》らされぬ、清濁《せいだく》併せ呑む国主になるだろう。しかしユーリはダメだ。あやつは、どちらかというと『あちら側』だ。代々の『オムラ』が王権の象徴とはされても国王にはなれなかったのと同じ理屈よ。人の世を治めるには向かん」

扉の向こうで、布がこすれるような気配がかすかにした。

納得してくれるかどうか。それは本人にしか分からない。

俺は彼女を愛しているし、彼女も俺を愛してくれているとは思うが……違う人間である以上、異なる考えを持つのは仕方のないことだ。

「ジェラルド」

珍しく視線を落とした親父が、ボソリとつぶやく。

「すまんな。全てはわしの采配《さいはい》違いじゃ」

それは、その気のなかった俺を国王にしたことか。それとも赤ん坊のユーリを公爵夫人に託したことか。そもそもオムラ姉が王族から離れるのを黙認したことか。オムラ姉の婚約者にデイジーズ侯爵を充《あ》てたことか。

「いいえ、父上が何かひとつでも違う采配をしていたなら、ユーリもカウラもノアもこの世にはいなかった。貴方は賢王ですよ。今も昔も」

香り高い紅茶を味わいつつ、俺は王都の外れの鍛冶場で出された、黒く焦げた番茶の味を思い出していた。

鍛冶しか出来ないノマド、家事なんて出来ないオムラ姉、そんなことは全く気にしない子犬のようなノア。

たった数年だったけれど、あれはかけがえのない輝くような時間だった。あれが間違いだったとは誰にも言わせない。

「さて、それじゃあせめて俺は次の世代に遺恨《いこん》を残さぬよう、王様稼業を気張るとしますか」

「ふん、脳筋勇者が言いおるわ」

もうひとつ思い起こされるのは、失踪前日、ユーリを抱いたヨーネの姿。乳飲み子のユーリを残して消えたが、ヨーネは決してユーリを疎んではいなかった。

ふと気が付けば、扉の向こうの気配は既になかった。

The Record by an Old Guy in the world of Virtual Reality Massively Multiplayer Online
とあるおっさんのVRMMO活動記
椎名ほわほわ
Shiina Howahowa
1〜27
アルファポリス
第6回
ファンタジー
小説大賞
読者賞受賞作!!
累計150万部突破の大人気作
（電子含む）
TVアニメ
2023年10月放送開始！
CV
アース：石川界人
田中大地：浪川大輔
フェアリークィーン：上田麗奈
ツヴァイ：畠中祐 ／ ミリー：岡咲美保
監督:中澤勇一 アニメーション制作:MAHO FILM
超自由度を誇る新型VRMMO「ワンモア・フリーライフ・オンライン」の世界にログインした、フツーのゲーム好き会社員・田中大地。モンスター退治に全力で挑むもよし、気ままに冒険するもよしのその世界で彼が選んだのは、使えないと評判のスキルを究める地味プレイだった! ——冴えないおっさん、VRMMOファンタジーで今日も我が道を行く！
とあるおっさんのVRMMO活動記
椎名ほわほわ
現実じゃ冴えない会社員
でもVRMMOの中では
名うてのスキル職人!?
ネットで人気爆発!
第6回アルファポリスファンタジー小説大賞
読者賞受賞作、待望の書籍化!
●各定価：1320円（10%税込）
●illustration：ヤマーダ
1〜27巻好評発売中!!
とあるおっさんのVRMMO活動記
1
現実じゃ冴えないおっさんが
料理生産から冒険までVRMMOで大活躍!!
大人気ファンタジー待望のコミカライズ!!
シリーズ累計18万部!!
漫画：六堂秀哉
●各定価：748円（10%税込）●B6判
コミックス1〜10巻好評発売中!!

没落した貴族家に
拾われたので
恩返しで
復興させます
六山葵
Aoi Rokuyama
魔法の才で偉くなって
没落した実家を
立て直そう!
悪魔にも愛されちゃう
少年の王道魔法ファンタジー!
あくどい貴族に騙され没落した家に拾われた、元捨て子の少年レオン。彼の特技は誰よりもずば抜けた魔法だ。たまに夢に見る不思議な赤い本が力を与えているらしい。才能を活かして魔法使いとなり実家を立て直すため、レオンは魔法学院に入学。素材集めの実習や友人の使い魔(猫)捜し、寮対抗の魔法祭……実力を発揮して、学院生活を楽しく充実させていく。そんな中、何かと絡んできていた王国の第二王子がきっかけで、レオンの出自と彼が見る夢、そして魔法界の伝説にまつわる大事件が発生して——!?
●定価:1320円(10%税込)　●ISBN 978-4-434-32187-0　●illustration:福きつね
没落した貴族家に
拾われたので
恩返しで
復興させます
六山葵
魔法の才で偉くなって
家はボロ小屋
風呂も洗濯も
川の水
没落した実家を
立て直そう!
アルファポリス

1×∞《ワンバイエイト》
経験値1でレベルアップする俺は、
最速で異世界最強になりました!
著
マツヤマユタカ
Yutaka Matsuyama
異世界生活《アウトドア》満喫中!!

1×∞《ワンバイエイト》
経験値1でレベルアップする俺は、
最速で異世界最強になりました!
マツヤマユタカ
あらゆるスキルが
即座に上達!
異世界生活《アウトドア》満喫中!!

ネットで話題沸騰！
アルファポリスWeb漫画
面白い漫画が毎日読める!!
ALPHAPOLIS
アルファポリス COMICS
原作 柳内たくみ 漫画 竿尾悟
ゲート GATE 自衛隊 彼の地にて、斯く戦えり
原作 あずみ圭 漫画 木野コトラ
月が導く異世界道中
原作：秋川滝美
漫画：しわすだ
居酒屋ぼったくり
原作 小鳥遊渉 漫画 紺平
異世界に転生したけど
トラブル体質なので心配です
原作 猫月晴 漫画 torimo
転生したら、なんか頼られるんですが
新連載開始予定！
原作 柊彼方 漫画 貝原黎音
追放された【助言士】のギルド経営
新連載開始予定！
人気連載陣
● THE NEW GATE
● 素材採取家の異世界旅行記
● 異世界ゆるり紀行 ～子育てしながら冒険者します～
● いずれ最強の錬金術師？
● 追い出された万能職に新しい人生が始まりました
● 勘違いの工房主
● 装備製作系チートで異世界を自由に生きていきます
and more…
原作 椎名ほわほわ
漫画 六堂秀哉
とあるおっさんのVRMMO活動記
原作：金斬児狐
漫画：小早川ハルヨシ
Re:MONSTER リ・モンスター
選りすぐりのWeb漫画が
無料で読み放題！
今すぐアクセス！
アルファポリス 漫画
検索
アルファポリスアプリ
スマホでも漫画が読める!!
App Store/Google play でダウンロード！

アルファポリスで作家生活!

「投稿インセンティブ」で報酬をゲット!

「投稿インセンティブ」とは、あなたのオリジナル小説・漫画を
アルファポリスに投稿して報酬を得られる制度です。
投稿作品の人気度などに応じて得られる「スコア」が一定以上貯まれば、
インセンティブ=報酬(各種商品ギフトコードや現金)がゲットできます!

さらに、人気が出ればアルファポリスで出版デビューも!

あなたがエントリーした投稿作品や登録作品の人気が集まれば、
出版デビューのチャンスも!　毎月開催されるWebコンテンツ大賞に
応募したり、一定ポイントを集めて出版申請したりなど、
さまざまな企画を利用して、是非書籍化にチャレンジしてください!

まずはアクセス! アルファポリス　検索

― アルファポリスからデビューした作家たち ―

ファンタジー

『ゲート』
柳内たくみ

『月が導く異世界道中』
あずみ圭

『最後にひとつだけお願い
してもよろしいでしょうか』
鳳ナナ

恋愛

『君が好きだから』
井上美珠

ホラー・ミステリー

『THE QUIZ』
『THE CHAT』
椙本孝思

一般文芸

『居酒屋ぼったくり』
秋川滝美

歴史・時代

『谷中の用心棒
萩尾大楽』
筑前助広

児童書

『虹色ほたる』
『からくり夢時計』
川口雅幸

えほん

『メロンパンツ』
しぶやこうき

ビジネス

『端楽(はたらく)』
大來尚順

この作品に対する皆様のご意見・ご感想をお待ちしております。

おハガキ・お手紙は以下の宛先にお送りください。

【宛先】

〒150-6008 東京都渋谷区恵比寿 4-20-3 恵比寿ｶﾞｰﾃﾞﾝﾌﾟﾚｲｽﾀﾜｰ 8F
（株）アルファポリス　書籍感想係

メールフォームでのご意見・ご感想は右のＱＲコードから、
あるいは以下のワードで検索をかけてください。

アルファポリス　書籍の感想　検索

ご感想はこちらから

本書は、「アルファポリス」（https://www.alphapolis.co.jp/）に掲載されていたものを、
改題・加筆・改稿のうえ書籍化したものです。

レベル596の鍛冶《かじ》見習《みなら》い 4

寺尾友希（てらおゆうき）

2023年 6月 30日初版発行

編　集－村上達哉・芦田尚
編集長－太田鉄平
発行者－梶本雄介
発行所－株式会社アルファポリス
〒150-6008 東京都渋谷区恵比寿4-20-3 恵比寿ｶﾞｰﾃﾞﾝﾌﾟﾚｲｽﾀﾜｰ8F
TEL 03-6277-1601（営業）　03-6277-1602（編集）
URL https://www.alphapolis.co.jp/
発売元－株式会社星雲社（共同出版社・流通責任出版社）
〒112-0005 東京都文京区水道1-3-30
TEL 03-3868-3275
装丁・本文イラスト－うおのめうろこ
装丁デザイン－AFTERGLOW
印刷－図書印刷株式会社

価格はカバーに表示されてあります。

落丁乱丁の場合はアルファポリスまでご連絡ください。

送料は小社負担でお取り替えします。


ISBN978-4-434-32188-7 C0093